阳光文库

龙 族

任建国 —— 著

黄河出版传媒集团
阳光出版社

图书在版编目（CIP）数据

龙族 / 任建国著. -- 银川：阳光出版社, 2019.11
（阳光文库）
ISBN 978-7-5525-5145-7

Ⅰ.①龙… Ⅱ.①任… Ⅲ.①中篇小说－小说集－中
国－当代 Ⅳ.①I247.5

中国版本图书馆CIP数据核字(2019)第276798号

龙族

任建国　著

责任编辑　屠学农
封面设计　晨　皓
责任印制　岳建宁

黄河出版传媒集团
阳光出版社　出版发行

出 版 人　薛文斌
地　　址　宁夏银川市北京东路139号出版大厦（750001）
网　　址　http://www.ygchbs.com
网上书店　http://shop129132959.taobao.com
电子信箱　yangguangchubanshe@163.com
邮购电话　0951-5014139
经　　销　全国新华书店
印刷装订　宁夏凤鸣彩印广告有限公司
印刷委托书号　（宁）0015751

开　　本　720mm×980mm　1/16
印　　张　14
字　　数　170千字
版　　次　2019年11月第1版
印　　次　2020年1月第1次印刷
书　　号　ISBN 978-7-5525-5145-7
定　　价　36.00元

目录/CONTENTS

（带★篇目为朗读篇目）

荒原狼

　　柳沟南火车站说是地名，可我打开手机里的百度地图上却找不到，即使我把地图放大到极限。这是一个只存在于铁路地图上的地方，在数万公里的铁路线上，有很多地方就这样奇怪地存在着。

　　汽车从嘉峪关出来，上连霍高速向西奔驰两个多小时，又拐入弯弯曲曲的 312 国道跑了 30 多公里，城市已经被我们远远地抛在身后，眼前所能看到的只有茫茫无际的戈壁和沿途高低起伏的祁连山。兰新高铁就是经过这里进入新疆境内的。这条中国西部的第一条高铁，被誉为现代"钢铁丝绸之路"。据说建成后从兰州到新疆乌鲁木齐的通车时间可以缩短到 8 个小时。作为铁路公安队伍里的一名宣传干部，我们此行就是沿途考察兰新铁路兰州局管辖的 700 多公里铁路沿线设置的 9 个派出所，记录民警在这里工作生活的故事。处在最西端的柳沟南车站派出所是我们此行的终点。

　　车载导航提示我们已进入甘肃省瓜州地区的布隆吉乡，布隆吉是蒙古语，意思是水草丰茂的地方，但我在车上却看不到一点绿色，也看不到一户人家。虽然我生长在西部，早已习惯了荒凉的景象，对这里漫无边际的戈壁和随处可见的雅丹地貌还是新奇不已。同行的是武威铁路公安处政治处王主任和宣传科张科长，他们一路上讲的最令我着迷的故事就是柳沟南派出所民警遇狼的故事，这故事深深吸引了我，我越发急切地想快点到达这个派出所。我问王主任："到柳沟南还有多远？""快了，看到那座铁路桥了吗？那就是布隆大桥，全长25公里，是兰新线最长的高架桥。从桥下拐进去，再走不远就到了。"

25公里的铁路高架桥，横跨在戈壁滩上的沟壑之间，那情景真是蔚为壮观。我们在桥下拐进戈壁，沿着一条汽车辗压出来的便道，又行进了十多公里，才渐渐看到几座孤零零立着的房子，那就是柳沟南车站了。

派出所在离车站不足50米的地方，是个独门独院的小二层楼。一下车，戈壁滩上的大风吹得我们站都站不稳。派出所所长老李带着一个青年民警跑出来把我们接进院子，所长说今天的天气算是好的，风也小多了。前几天他们在院子里搭建活动板房，刚搭好，一夜大风，第二天，其中一间板房被刮到了院子外面。他们又对板房做了加固，地上打了一圈混凝土，这才算稳定下来。所长介绍说这个派出所有5名民警，因为办公楼房刚建好，内部装修还在紧张施工，每天有一名民警带着两名协警住在这排板房里，其余的人都住在十几公里外的布隆吉乡临时办公地点。

在了解完派出所的基本情况后，我就急不可待地问李所长："听说你们这里有民警遇到过狼，是真的吗？"

李所长比我小几岁，脸上的肤色已被这里毒辣的太阳和常年不停的风雕刻得黑红黑红。他慢吞吞地指着身边的青年民警说："有，他叫李强，他就遇见过。他手机里还有狼的照片呢。"

我让李强打开手机里的照片给我看，那是一张拍得不是很清晰的照片，放大了才能看到有一只狼一样的动物在戈壁上慢行。它的毛色是那种青灰色的，和这里的戈壁颜色很相似，所以不容易辨认。尾巴有些僵硬地拖在后面，很明显，这确实是一只狼而非犬类。我问李强是怎么遇见的，当时怕不怕。李强说："这里经常会有一两只狼来车站附近活动，我那天是在巡线回派出所的路上遇到的，只有一只。我以前在警犬队当过两年驯犬员，所以见了不太害怕，我拿手机给它照相的时候，它就慢吞吞地跑开了。我还给它取了个名字，叫黑客，那是我以前当驯犬员时警犬的名字。"我对这个故事以及眼前这个青年民警一下子产生了兴趣，所以当晚我们要回布隆吉乡住宿时，我要求待在派出所的板房里陪李强一起值班。

晚饭只有方便面，就着几袋小咸菜。吃饭的时候，李强一个劲地说对不住，这里离城市远，又没有水源，站区人员的饮用水都是用火车拉过来的，一星期才来一次。站区还在建设中，所以没办法做饭。我倒觉得在这种地方吃一碗方便面反而别有一番风味，我们吃饭时，风吹着板房的四壁，噼里啪啦直响，真担心房子会被连根拔起。

吃过晚饭，我约李强一起到外面走走，顺便给我讲讲遇狼的故事。

太阳斜斜地挂在西地平线上方，发着昏黄的光，一点也感受不到它的温暖了。我们裹紧大衣，顶着戈壁上毫无遮拦的风，沿着铁路线向前走去。地上遍布的是黑色的石头，这些石头应该是经历了千万年的曝晒，被剥离了所有色彩，只剩下了这么黑漆漆的一团。随着日落天晚，这些黑色的石头越发显得神秘恐怖起来。前行百十米，眼前除了茫茫戈壁，就只有一条长长甩开伸向远处的铁路线了。我觉得这样的环境恰好适合听李强的故事。

路上我问过李强的简单情况，他毕业于甘肃政法学校，2010 年毕业后参加公务员考试，考入兰州铁路公安局工作。之前在警犬队当过两年驯犬员，修建兰新铁路时，他才调到柳沟南派出所，在这里已经工作半年多了。李强口才很好，讲故事时还会不时加入一些自己的故事，所以我基本真实地记录了他的讲述。

下面就是李强讲的故事。

我叫你哥行不，我看你也就比我大十来岁，而且不摆架子，和我们一起吃方便面，一起住板房，我觉得亲切。那我就叫你哥了。

有些东西是每个人都想见又怕见的，比如鬼，再比如狼。

奇怪的是，这两件东西你想见时不一定能遇到，不想见时却极有可能遇到。

我刚到柳沟南的时候，就听当地人说这里经常有狼出没。不过除了在冬天缺少食物的时候咬死过几头羊，还没有发生过袭击人的事情。其实我要求到柳沟南派出所来，就是因为听说了这里有狼，很想能在这里遇到一两只。你不知道，我在警犬队养了两年犬，我们养犬的人听到什么藏獒啦、狼啦，眼睛里都放光，就想见识见识。不过这心思我可不敢给所长说，怕他担心我出去找狼惹事。刚来的时候，我遇到出去巡线的事总是抢着去。我没结婚，也没女朋友，所以基本不休息，经常在所里一待就是一个多月，所长还以为我工作积极呢，他哪知道我其实是惦记着找狼呢。你可千万别把这事告诉我们所长啊，其实，后来我跟那只狼遇见过不只一次，我都没敢告诉所长。这事我得慢慢给你讲。

我在所里待了两个多月，可连个狼的影子都没有碰到，我就有点失望了。再加上警犬队的同事打电话告诉我，我训的那条叫"黑客"的德国牧羊犬可能是想我了吧，经常不好好吃东西，一下子瘦了许多，我心里特别难过，休息的时候就跑回警犬队待着。我一回去，"黑客"就扑在我身上用舌头把我的衣服舔得湿乎乎的，围着我直打转，一步都不肯离开，我心疼得眼泪都快掉下来了。队里的同事也打趣地调侃我：你不是找狼去了吗，那地方狼多不？你这么长时间不回来我们还以为你被狼吃了呢。

扯远了。说来也怪，我都快放弃希望，甚至想着找个合适的机会再给公安处领导里说说，让把我调回警犬队的时候，嘿，这狼还真来了。

那天，我们派出所接到工务段的电话，说一名巡道工在巡线的路上遇上狼了，让我们赶紧出警去营救。我一下子来精神了，和所长开着车直奔电话里说的地点。快到那里的时候，远远就看见两只狼看见我们的警车开过来，一溜烟跑开了。那个巡道工就爬在铁路边的防护栏上，那防护栏有两米多高，是水泥预制成的，上面还盘绕着一圈一圈带尖带刺的铁丝网，我们叫它"刺丝滚龙"。巡道工被刺丝滚龙扎得满身满身都是血痕，却也顾不得喊疼。见我们警车来了，他都不敢下来，一个劲地问我们：狼走了没，真的走了吗？后来这名巡道工吓得不敢在这里上班，闹着要求调到别的地方。说来好笑，听说他调到了离这80多公里的玉门车站，可是是祸躲不过，没过多久，他在站区被一只藏獒咬了。看来他这是命里有此一劫，想躲也躲不掉。

哥你相信命不，反正我挺信。就像我天生就喜欢动物，尤其是狗。我到警犬队工作时很多同学都说我疯了，一个大学毕业生去养狗，大学算是白上了，连我爸妈都想不通。他们根本不知道和犬在一起多有意思，这东西有灵性，重感情，你对它好，它就只认你，比人有情义多了。哥我说这话你别介意，别看我年龄不大，可好多事都能看明白。我在大学时就特别爱看写动物的书，杰克·伦敦写的《雪虎》《野性的呼唤》，我看了好几遍，好多段落我都能背下来。他把狗写神了，也把我给迷住了。到公安处能有机会去警犬队，你说我能放过吗？这是我的命，是我骨子里流动的东西，想拒绝都不行，那会很难受。

为了养好警犬，我几乎住在警犬队里，我养的那条犬今年三岁，我从警犬基地领回来时它不到一岁，是我像伺候孩子一样把它养大的。老实说，我对我爸我妈都没那么用过心。它小的时候我抱着它睡，它生病了我一晚上不睡觉守着它，它发怒的时候咬过我，把我的手指都差点咬断了，可我舍不得打它一下。它现在是我们队里最好的一条犬，只要别人看到他油亮油亮的毛色，高高大大的身架，由衷地赞一声：嘿！真是一条好犬。我心里就别提多高兴了。

又扯远了，一说到犬，我就有说不完的话题，哥你别见怪啊。

咱还是说狼吧。这次虽然只见到了狼的影子，但我还是很兴奋。我后来跟当地人聊，才知道就在这祁连山里不但有狼，还有豹子出没，当地很多人都见过。他们在讲述和狼遭遇的故事时，脸上竟然没有一点害怕恐惧之色，那神情就好像在讲述和故友的重逢一般漫不经心。我也问过他们：你们遇见狼时不害怕吗？他们用一种很奇怪的眼神看着我说：成群的狼才祸害人呢，一两只狼那是孤狼，轻易不会伤人，没啥怕的。现在不让打猎了，放在二十年前，这些狼都是我们的猎物呢。和我说这话的，都是当地四五十岁的人。看着他们那么平静的表情，我心里的那点恐惧也就没了。我驯犬的时候，什么样的烈犬我都见过，只要不碰到狼群，我觉得都能对付。

布隆吉你还没去过吧，回的时候去看看，那真是个神奇的地方。镇子不大，也就四五百户人家。当地有很多都是蒙古族游牧部落的后裔，那些如今已年过半百的人，20年前还是骑马游牧，放歌祁连山的好汉呢。我跟一个叫巴特那森的大叔最熟，他给我讲过很多人和狼的故事，晚上要是你睡不着，我讲给你听。

我给你讲第一次遇见狼的事吧，不然你该着急了。自从那次营救巡道工看到狼后，我就相信这里真的有狼了，从那以后我特别留心寻找狼的踪迹。柳沟南车站在铁路的东面，祁连山在铁路西面，这条铁路沿线都有防护网，狼钻不进来。它们要绕到车站附近来，肯定得从铁路下面的那些车辆通道过来。我在巡线的时候经常在通道里扒着看有没有狼的足迹，狼的足迹应该跟犬的差不多，那是我再熟悉不过的了。我在离这七八公里的一处通道里，就发现过一行熟悉的足迹。那些足迹比犬的稍大一些，爪子也比犬坚硬，踩在戈壁滩上也能留下明显的印子。我知道，狼肯定来过这里。数量不多，应该不超过两只。从那以后，我带着协警巡线有意走得很远。有一回，等我们往回走的时候，眼看太阳就要落山了。那个协警比我还小两岁，就有点害怕，说：哥，咱快点走吧，天就要黑了。我对他说：我脚扭了，要不你先跑回去弄吃的，我随后就到。协警说：这行吗，哥，你不怕吗？我说：有啥怕的。协警一走，我就索性吹着口哨散漫地向前走着。

戈壁的天说黑就黑，太阳一下山，天色就暗了下来。我打着手电往前走，总觉得随着手电筒灯光的晃动，有几点微弱的亮光也在跳跃着。我打手电四周看一圈，那亮光也快速移动开。但我还是看清楚了，那几点微光泛着幽绿，寒冰一般令人发冷。我后背蹿上一道凉气，汗毛都竖起来了，心想：遇到狼了！当时又惊喜又多少有点害怕，不知道遇到了几只狼。我壮着胆打着手电往前搜寻，就看到在离我几十米的地方，有一只银灰色的狼。它有点怕光，手电光一照，就转身躲进黑暗里，但却并不走远，眼睛发着绿莹莹的光瞪着我。我驯过犬，知道这种犬科动物生性多疑，尤其是独自活动的孤狼。因为人类的过度捕杀，他们对人保持着很强的戒备心。这只狼在观察我呢。我胆子稍大了些，就不紧不慢地向前走，狼也始终和我保持着几十米的距离，一路跟着我。我看清楚它体型并不大，和我的"黑客"差不多，大概是在戈壁里没有觅到食，或者是长时间被戈壁的阳光曝晒，有点没精打采。动物和人一样，也有情绪。就说犬科动物吧，它们高兴的时候就特别兴奋，会原地打转，眼睛放光。害怕的时候会缩成一团，低声吼叫。眼前这只狼低着头，身体侧向着我，好像随时做好要逃走的样子。它的额头上有一道暗黑色皮毛，看起来像是一幅皱着眉头的神情，样子很特别。我们就这么一路走着，后来我都忘了它是一只狼了，就感觉像是带着我的"黑客"在散步。我以前吃完晚饭也经常带着"黑客"出来，它就跑在我前面不远的地方，不紧不慢地跟着我，时不时还回头看看我，特别亲切。今天，在这戈壁滩上，在这个漆黑的夜里，我似乎又找到了那种亲切的感觉。快到车站时，那两点绿光一闪就遁入黑暗中不见了。

戈壁的风越来越凉了，我提议往回走，到板房里再继续讲他的故事。李强笑着说：哥，你不是害怕又遇见狼吧，要是真遇到那你可算没白来了。回到板房，两个协警正躺在床上玩手机。李强叮嘱他们几句，就回到自己的板房，烧了壶水，为我俩泡好茶，接着讲他和狼的故事。

第二天一早，我就跑到布隆吉乡，找巴特那森。老巴特正在家里吃奶茶泡炒米，我冲进去把碗从他手里夺下来对他说：叔，我昨晚遇见狼了。等我把昨晚的经历讲完，老巴特笑呵呵地说："好小子，你胆子够大的，倒像我们蒙古族人。我之前听说你们那里有个职工被狼吓得爬到水泥桩子上，还被铁丝刮出一身血印子，我就猜想你们怕是在这柳沟里待不长，早晚都得走。你不简单，比那些人强。20年前这祁连山上狼多的时候，大叔我一个人打死过五六只狼呢。今天晚上我请你喝酒，看看你的酒量是不是也和你的胆量一样大。"巴特的老婆托娅端着一碗奶茶进来递给我，然后数落着老巴特说："你年轻时候的点事，讲了大半辈子了还没讲够，我的耳朵都听起茧子了。你怎么不说说你喝多了酒差点被狼拖进狼窝，还是我和儿子骑马找到你把狼群赶跑的。孩子，快趁热喝碗奶茶，别听他瞎唠叨。"我喝着喷香的奶茶，想象着他们这些曾经的牧人骑着马放牧在祁连山下，遇到狼群丝毫不胆怯，即使一个女人也敢趟进狼群较量的豪迈情景，身上一阵阵热流涌动。

我觉得每个人身上都流动着一股原始的血液，这股血液就是你的种，你的命根子。到了命悬一线的时候，你的种就出来了。可是在现代生活中，尤其是我们这些在都市里长大的人，早把这幅种给埋没了。没了种，也就活得没一点血性，没一点人样。别说见了动物害怕，就是见了那些恶人，都吓得浑身发抖。要不现在社会上怎么那么多当街行凶作恶的事，却没几个人敢挺身而出。不像这些常年生活在戈壁上的人，他们身上还流着那股原始的血呢，他们连狼都不怕，这世上就没有什么是他们怕的了。

托娅对我讲过，有一年开春天气特别冷，接连下了几天的大雪。她早上出门倒垃圾的时候，就看见一只狼在门口的垃圾堆里刨食吃。肯定是山上雪更大，狼找不到吃得才下了山。托娅说她看着那只狼就觉得好可怜，这东西应该是在山里追逐野兽，称王称霸的呀，怎么落到比狗还惨的地步。托娅说她就像看到自己的孩子不争气，生活得不如意一样，又气又心疼。她从屋里端出一盘鲜肉，远远地扔过去，大喊着说："给，吃去，吃饱了快点回山上吧，别让人家看见丢脸了。记住，你是狼，是祁连山上的狼，别因为几口吃的就把自己的本性都忘了。"

说起这些事，巴特拍着桌子说："这世道，狼不像狼，人不像人。"巴特告诉我，布隆吉这地方原来是个以放牧为主的地区，20年前，这里也是"天苍苍，野茫茫，风吹草低现牛羊"的一片好牧场。那时人们放牧、打猎，狼群经常出没，咬死牛羊，但人们一点也不害怕。没有狼群的牧场成不了好牧场，没有见过狼的牧人也成不了好牧人。后来到处都打狼，乡里打一只狼还奖一头羊，狼一下子快被打光了。再后来又禁猎，狼成了保护动物，祁连山下又渐渐能见到狼了。可现在很多牧场都成了封闭式的圈养，这让狼怎么活呀。听说山丹那边的牧场有狼群咬死了几十头牛羊，大家又商量着打狼。失掉几十头牛羊你心疼了，可没了狼，野鹿、黄羊、黄鼠成灾了，那可就连牧场都没了。现在的牧人啊，马不会骑了，酒不能喝了，见了狼腿肚子都打颤，这哪像个好牧人。

巴特腿上有道很深的伤疤，那就是托娅说的他喝多了酒，骑着马从乡上回牧场，快到家的时候睡着了，掉下了马，遇到两只狼出来觅食，咬着他的腿就往狼窝里托。还好那匹老马护主心切，又踢又吼，巴特酒醒了一半，拼命用脚踢狼。这时托娅带着儿子宝力格一路寻过来正好碰上，托娅跳下马拿马鞭猛抽两头狼，两头狼看看凶神一般的托娅，放弃进攻跑开了。现在，巴特还经常掀开裤腿跟年轻人说：娶个蒙古女人做老婆吧，关键时候能救你一命呢。

按照巴特的说法，我遇见的那只狼应该是在探路。狼活动范围很大，铁路修在这戈壁滩上，把这块戈壁一分为二，它在找一条可以安全穿越铁路的路呢。巴特眨巴着眼睛对我说，你小子跟狼有缘，说不定还能碰上这只狼。

当天晚上，趁着酒劲，我脑子里忽然冒出一个连我自己都吓一跳的想法。我盯着巴特迷离的眼睛，一字一句地说："我想把那只狼驯化过来。"巴特打了个冷战，瞪大了眼睛说："你，你喝多了，没错，喝多了。"

其实我并不是异想天开，我知道草原上有很多人家里都养狼。他们从狼窝里掏来狼崽，从小喂养大，这样养大的狼，狼性就少了，跟狗差不多。我们警犬里的狼犬，就是狼和犬交配出来的。

这念头一旦进入我脑子里，就经常冒出来折磨我，我越来越想把它变成现实。你想，要是我能在这荒野里把一匹狼驯化出来，那是一件多么了不起的事。

我决定用驯犬的经验先来试验一下。

驯犬的第一步就是建立信任关系。狼是吃生食的，我从布隆吉买来新鲜肉，放置在那匹狼经常出没的通道附近，那上面留有我的气味，狼应该能嗅出来。我每天都留心看那些肉是不是还在，结果，第三天，我放置的十多斤肉都被吃光了，我又接着买来新的肉放置好。布隆吉卖肉的老范笑着对我说："小伙子，多吃肉，身体好，吃好了不想家。"这十多斤肉也在第三天被吃光了。看来，狼似乎已经逐渐接受我这个饲养员了。这么投食喂了四五次后，我没再放食。三天以后，临近黄昏时，我来到投食点，就看到一匹狼远远地立在那里，茫然地四顾环视着。我包里背着鲜肉，狼显然闻到了鲜肉的味着，一下子脖子上的毛都竖了起来。这下我看清了，它额头中间有一条黑道，正是那天晚上我碰到了那匹狼。我料想狼对我的戒备心还很强，就掏出肉，慢慢蹲下身放在地上，然后缓缓向后退开一段距离。那匹狼警觉地看着我做完这一系列动作，它就在原地走来走去，既不跑开，也不急着上来叼肉。我干脆坐下来，掏出一瓶水边喝边看它的反应。如果它过来吃肉，说明它开始信任我了，那将是个美好的开端。要是它最终跑开了，我就决定放弃自己的训狼计划。毕竟，三天就买十几斤肉也是一笔不小的开支。大概过了一个小时吧，它就在那原地转着圈，甚至没往前走一步，狼的耐心真是惊人。我在太阳下快被晒焦了，但我还是决定等下去，看看它究竟会做出什么反应。太阳快落山的时候，这匹狼渐渐挪动步子向前靠近。它的眼睛一直没有看地上的肉，而是紧紧盯着我，鸡蛋黄一般的眼珠闪出凶野冰冷的光，胆小的人一下就会被这眼光夺去斗志。我还好，我的"黑客"是条德国牧羊犬，也叫狼犬，那眼光也很凶，只是狼犬的眼珠是暗褐色的，不够清澈，没有面前这匹狼的眼睛这么勾魂摄魄。

我坐在地上一动不动，我知道如果我稍有动作，狼就会停下脚步，甚至转身逃走。挪动了十多分钟，狼终于走到那块肉跟前。这时候它距离我也就 20 多米，我甚至看得清它微微张开的尖嘴里那两排狼牙闪着白森森的光。它的耳朵仍是竖起来的，看来警惕性丝毫没有放松。我本来想趁这绝好的机会拿手机给它拍照的，可还是忍住了。它在肉的周围又来回绕了十多圈，终于低下头，嗅了嗅那块肉。那可是新鲜的牛肉，肉里的津水在太阳下晒得都快丝丝冒热气了。狼在嗅那块肉的时候，眼睛始终看着我，我也定定地看着它。据说狼能看透人心里在想什么，这话当然有点玄，不过在驯犬的时候，我们讲究要与犬有眼神的交流。别看它们都是动物，可身上有灵性呢。比如我养的那条犬，我高兴、发怒、烦躁，它似乎都能从我眼里读懂。

我们人类在很多方面往往低估了动物的智力，我相信动物都有它们特有的语言和思维。有一回我心情烦躁，就搬了把椅子坐在院子里晒太阳，几乎整整一个下午一句话也不说。"黑客"就蹲在我脚下，不时抬头看看我，吼喉里低低地吼着。我知道，那是它感觉不知所措时的表现，它大概以为是自己犯了什么错，惹得主人不高兴了。过了一会，它忽然起身跑开，叼着一块拳头大的石头吧嗒扔在我嘴下。我没好气地把石头一脚踢出老远，它飕地一下蹿过去，叼起石头又扔在我脚边，然后就看着我，吱吱地低声叫着。我忽然明白了，这是我训练时的科目，"黑客"看我不高兴，它这是在逗我呢，就像我逗它时一样。我站起来把石头扔出去，它很快又叼回来扔在我脚下。几次下来，我被它逗乐了。我真想弄明白它当时究竟是怎么想的，那感觉太奇妙了。在那时，你觉得它除了不会说话，其他的跟人没什么两样，有感知，有思想。

狼在数万年的演变中，经过残酷的竞争，逐渐进化到食物链的最顶端，你想它得多聪明。所以，说狼能看透人的心思，我信。那狼盯着我足足看了几分钟，然后叼起那块肉，转身慢慢跑开。

我坐在地上不想起来，就那么静静地看着它一直走远。它一直不紧不慢地跑着，快跑出视线时，忽然立地那里，尖利地嘶叫了一声，然后就消失了。那时候，戈壁的风还没有这么冷，清凉的风吹来，我感觉自己的身体都已成虚空，任这凉风吹过我的身体，洗刷我的五脏六腑。感觉从来没有那么美妙，我觉得那一刻大概就是人们常说的天人合一了吧。

李强讲到这儿的时候，似乎又回到了当时的状态，目光空空地望着板房的窗外。窗外，戈壁的风正呼呼地吹着，撼动着板房的四壁吱吱直响。我恍若置身于原始森林的漆黑夜晚，这个故事也把我带入了一片原始荒莽中。

我把这事告诉巴特那森的时候，老巴特用一种很奇怪的眼光看着我，然后转身做了个双手上举的动作，嘴里喃喃地念叨着什么，念完，就眯着眼睛不再理我了。

那段时间，我简直被狼给迷住了，上班，睡觉，脑子里想得都是那匹狼。它那双冷若冰霜的眼睛，白森森的牙齿，灰褐色的皮毛，如果我能征服它，驯化它，让它在我面前俯首帖耳，那该是一件多么了不起的事情。我满脑子都是怎么征服这匹狼的事，别的什么也顾不上了。就连老巴特那奇怪的表情，我也根本没去细想。

那以后，我更精心地到投食点喂食，重复着我那天黄昏和狼对峙时的情景。我提醒自己要有耐心，驯一只犬都要小半年，何况现在我面对的是一只真正的野性未驯的狼。不过我有意将静坐的位置一点一点靠近，最近的时候，我离它只有十多米，我甚至能看清它每一寸皮毛的颜色，看到它喉咙处的一起一伏，听到它很重的呼吸声。我每次都要用很大的力量才能克制自己去摸一下它的冲动，我的喉咙发干，全身燥热，身体都在摇晃。有一次，它竟然在我面前撕下了一块肉，大口咀嚼起来。犬科动物当着你的面进食，那绝对是一种信任的信号。可我还是忍着自己的冲动，没有做出进一步的试探举动，担心稍有不慎，前面的工夫就都白费了。

那些天对我简直是一种折磨，我的表情估计也被所长看出来了，他问我：是不是家里遇到什么事了，赶紧回去看看吧。我心里的想法哪敢告诉他呀，就打掩护说可能是身体不舒服，没事，过两天就好了。

终于有一天，我实在忍不住了，决定这天如果狼还来，我无论如何也要走近它，试着摸摸它。

这天我给狼准备的是一只新鲜的死兔子，这东西在草原上打洞，破坏草皮，所以禁猎以后，布隆吉有很多人都改行套兔子。我把兔子放在固定的投食点，就静坐着等狼出现。那感觉就像是第一次和女朋友约会，既紧张又兴奋。狼好像知道我要来，也早早就出现了，它走近食物的时候，明显比以前快了许多。看到地上的死兔子，狼伸出前爪试探性地把它翻了个身，然后张口就在兔子身上撕开了一个血口子。那狼撕下一块肉，又嚼了起来。我觉得时机成熟了，就慢慢站起身。狼停止了咀嚼，紧张地望着我，牙齿上还滴着血水。我微微伏下身，就像以前对待"黑客"那样和它说话：别怕，接着吃，多香的肉啊，这可是我费心为你准备的。好好吃，别看我，我不会把你的肉抢走的。别担心，让我走近点。狼向后退了几步，张口扔掉嘴里的食物，龇着牙对我低吼了几声。我立刻停住，向它示意我没有恶意。这是动物护食的自然反应，你只要停下来，让它们觉得你是安全的。我站在那里继续和它说话，过了好一会，它好像感觉到我并没有恶意，又低头嘶扯食物。我慢慢又向前挪动了两步，离它只剩最后几米的距离了，这时，远处一辆列车忽然呼啸着飞驰而过。狼猛地抬起头，眼里露出冷森森的光，两个耳朵扎着，连身上的毛也一根根直立起来。片刻，扭头狂奔而去。我伸向前方的手就那么空空地定在那里，感觉像是一件极为珍贵的东西从我手中溜走了。

我无比失望地来到老巴特家，巴特说："咋了，让狼咬了还是被女朋友甩了？"当听完我的叙述，巴特忽然严肃起来。他给我倒上一碗奶茶，奶茶的热气升腾起来，我感觉巴特就像是飘在云雾里。巴特说："你干了一件错事！"我说："我就是搞不懂错在哪儿了，是不是我太心急了，不应该这么早去接近它？"

巴特叹了口气："好吧，告诉我，如果你真得把它驯服了，你打算怎么办？"

我说："那还不好办，我就把它拴在派出所院子里，有只狼看门，那多神气。"

巴特显然不高兴了，他说："你还是不懂狼啊。我在草原上放牧半辈子，杀过狼，也被狼咬过，打我出生那天起，我就知道狼是这祁连山的一部分。它和这里的草场、石头、雪山一样，是这祁连山的少不了的一部分。这祁连山上那么多物种，哪一样都少不了。我们牧人打狼，但不恨狼，它就是一条生命，饿了要吃，吃饱了才能活。狼不贪，不会把吃不了的东西往自己窝里托。一只狼要是没了狼性，那还是狼吗。"

那晚我恍恍惚惚，就像得了场大病，耳朵里来来回回就是老巴特的那几句话："一只狼要是没了狼性，那还是狼吗。"我想，我终于明白自己错在哪儿了。

后来几天，我又到那个投食点去等狼。三天以后，它又出现了。看到地上没有食物，狼疑惑地抬头望着我。我站起身，既伤感又严厉地对它说："快回去吧，回到祁连山上去，以后不会再给你送食物了。别忘了，你是狼，是祁连山上的狼。饿了就自己去捕食，去追上一只黄羊，咬碎它的喉管，撕开它的皮毛，把它的肉吃个精光。你们狼千万年来没有绝种，因为你们有狼性。大雪封山你们不怕，草场少了你们也不怕，这祁连山上只要还有别的物种，你们就不会灭绝。去吧，去做回你们的狼，去呀。"我的厉声呵斥吓得狼倒退了几步，但并没有逃跑，它似乎还企望着我扔过去一块肉吧。我捡起一块石头，远远地扔过去，狼吱吱叫着向后跑了几步，龇着牙向我吼了几声。我接连捡起石头扔过去，一边喊着："快走，回到山上去，去呀，你这该死的狼。"石头越扔越远，狼也越跑越远。最终，地平线方向传来一声凄厉的叫声。

后来，我再也没见过那头狼。

听完这故事，我推门走出板房，站区的灯光影影绰绰，不是很亮，风似乎也小了。空旷的戈壁上夜空被洗得清澈明朗，满天的星星铺天盖地洒在这一片戈壁上空，低得让人不敢想象。远望祁连山，只剩下一带黑漆漆的影子，神秘而幽远。这一片亘古不变的天地，不管我们怎么去试图改变它，但有些东西，是永远都不会变的。就像这戈壁上的遍地黑石，静静躺在那里，承受星移斗转。

走的时候，我很想按李强说的，去布隆吉乡看看，去找那位睿智的蒙古族大哥巴特那森和他贤惠能干的托娅谈谈，但我最终还是放弃了这个念头。我们那些浮光掠影式的游走和无法深入内心的交谈，除了能给自己增加些酒后谈资，和多少有些炫耀成分的虚荣，还能带来什么呢？天地间有太多奥秘，也许就藏在那一花一草，一砂一石间。

临走时我捡了一块戈壁滩上的石头带走，我希望它能让我永远记住这个祁连山下戈壁滩上星辰明亮的夜晚。

寻 羊

任他把手机怎么拿在手里不停地转动方位，就是没有信号。他把手机攥得咔咔直响，强忍着内心无比的烦躁。进山已经三天了，没有她的一点消息，除了继续向前走，他毫无办法，不管什么结果，都只有等到下山时再去面对了。

现在的海拔是 3000 多米，强烈的紫外线晒得他嘴角、脸上都开始起皮，头也有些昏昏沉沉的。在这样的高度爬山，走上十几米就喘不上气来。老郑虽然走惯了这样的山路，此刻也走走停停，明显地慢了下来。倒是他一路催促着老郑赶路。

"老郑，太阳快落山了，再赶一段，今晚到前面那个山顶上扎营。"

老郑把背包扔在地上，一屁股坐下来，摘下帽子使劲来回呼扇起来，看架势就不想再走了。

"老郑，你咋坐下了。赶路要紧。"他有些着急。

"你急个啥么，今天一大早起来，到这会走了有二三十里山路了。背着这么重一包东西，你咋还一个劲地催，这一天十块钱也太难挣了。不走了。山顶上扎营风大，就在这儿住吧。"

老郑是前天他到山下的村子里了解情况时，主动搭茬要陪他进山的，说好每天给他 10 块钱。老郑告诉他自己以前是这一带远近闻名的猎手，也就是现在禁猎了，不然，这一天 10 块钱的脚钱，他还看不上呢。他知道老郑是在吹牛的，而且现在也还在偷猎，从他一进老郑家，看到屋角堆放的几张还很新鲜的岩羊皮子他就明白了。但他没说什么，这次进山不知道要待几天，山上野兽出没，有这么个人做伴也算有个照应。临走时老郑问他："带上猎枪不？"

他很惊讶："不是猎枪都让上缴了吗？"

老郑嘿嘿一笑："还不许咱留个念想啊。再说，山上有狼，带着能防身呢。"

他立刻板起脸来："老郑，枪可以带，我就当没看见，但你不能用来打岩羊。"

"行，听你的，你是大老板嘛。"老郑麻利地把枪绑在背包上。

他打心眼里不喜欢老郑这幅油腔滑调的样子，都说山里人实在，可老郑却像个敲竹杠的，总想在他身上多诈出几个钱来。其实，老郑的背包里只装了些干粮和一顶帐篷，所有的器材、工具、水都是他背着。即使这样，一路上老郑还是不停地诉苦，说是走这样的山路一天十块钱太便宜了。最让他不满的是，老郑总是走走停停，像是为了多挣到十块钱，有意要把时间拖延长。这使他觉得自己的痛苦也被拉长了。这次进贺兰山考察岩羊是他自己提出来的，研究所里没有一个人愿意跟着他到这大山深处来找岩羊。他知道，自己的行为完全是个人性质的，而且是挑战性的，他一下子把自己一个人摆在了研究所所有人的对立面，没有人期望他成功。但反对的人越多，他反而越坚定了。

他掏出手机又看了一眼，还是没信号。他舔了一下干裂的嘴唇，望了望几百米外那静静躺在暮色中的小山坡，咬了咬牙，抄起老郑扔在地上的背包，使劲甩到自己肩上，一言不发地向上爬。老郑在身后连声不叠地叫着：

"哎——你这啥意思么，这啥意思么。走了一整天，也不急这一会吗。你看你，脾气咋这么大，我也没说不走么。"

身后是老郑通通追赶的脚步声，他依然低着头走着。两个背包加起来有五六十斤重，压得肩头火辣辣地疼。他不想让老郑看出来，努力保持着身体的平衡。面前是一段陡坡，突起的山岩面目狰狞地逼视着他，他有些喘不过气来，但仍艰难地向上攀爬。在他面前，究竟还有多少这样的陡坡要翻越啊。首先要翻越的是那样一些权威，他们固执地守着自己陈旧的理论，以为这样就可以守住自己的尊严、地位。他们不允许别人轻易怀疑他们，害怕任何冲击和挑战，想尽办法来阻挠那些新鲜的思想，他们是多么的脆弱啊。还有那一次次资料分析、数据论证、答辩，他必须做好充分的心理准备，迎接他面前的那些权威专家们的轻蔑、冷漠、刁难。他必须越过这一道道陡坡。他看到身边的那些同事每天毫无生气地来到单位，泡上一杯茶，谈论着各地奇闻、他人隐私，然后到点下班。他害怕这样的生活，他只有不停地向上爬才不会在这样的一圈人里被同化掉。

她也在翻越着自己面前的一座陡坡，此刻，躺在医院里的她是多么需要他守在身边，帮助她一起面对那一连串巨大的打击。然而，在她最需要自己的时候，自己却不在她身边。他咬了咬牙，原本不该在这样的时候离开，但他没有时间了。一个由美国人海恩斯率队的联合科考小组正在与我方接洽，即将对贺兰山岩羊进行考察。不管怎么样，他必须出发。他无法接受对贺兰山岩羊的认定再被加盖上来自其他国度的标签，那些在岩石绝壁上跳跃的精灵们也在等着他呢。想起这些，他更狠地咬起嘴唇，嘴唇上渗出丝丝血迹。

老郑紧跑几步追上他，从他肩上抢过自己的背包，颇为不满地唠叨着：

"这叫啥事么，你说，这叫啥事么。你瞧不起我么，别看比你大十来岁，可走这山路，我不比你们年轻人差。想当年，我追一只狐狸，一追就是两天两夜，走了一二百里山路，硬是把那畜生赶得没了力气，成了枪下的活靶子。这一带你问问，走山路，我老郑啥时候怂过。"

老郑说着，一趟小跑地把他甩在了后头。他也不追，就势揉了揉红肿的肩。他敢肯定，这样的山路，研究所里没一个人能为了追一群岩羊走上三天。可是，早在20世纪30年代，美国人斯科特瑞就来到四川巴塘县考察，他追随当时还没有被当作一个新物种的矮岩羊走了许多天，发现这种触角小巧，身子玲珑的岩羊与高山岩羊不同，于是采集了7只标本带回美国。20世纪70年代，澳大利亚生物学者格瑞斯在美国费城博物馆研究这些标本后，宣布矮岩羊是一个新的物种。由于数量稀少，其珍贵程度不亚于大熊猫。从那以后，西方各国的动物学者想方设法来到四川巴塘县考察，他们在山里一待就是几天。而中国的学者们，却依然坐在研究所里，等着从国外学者的研究论文里拾取一点牙慧来作为自己的成果。直到20世纪90年代，另一名美国人考克斯在有关部门的批准下，来到巴塘县采集了矮岩羊活体标本，摆上了美国瑞洛国际狩猎会展台，引起哄动，当地政府才终于重视起来，成立了矮岩羊自然保护区。然而迄今为止，国内学者们竟然连一只清晰的矮岩羊活体照片都没有拍到。搞野生动物研究，却不到野外去，怕钻老林子，怕被山风吹，这是多么可笑的事情。想想那个发现矮岩羊的美国人斯科特瑞，想想那个把矮岩羊带上国际展台的考克斯，他觉得羞愧难当。

岩羊又叫石羊、蓝羊，在我国主要分布在陕西、四川、青海、西藏、甘肃、云南、内蒙古和宁夏等地。这东西一般生活在海拔3000米以上的高山地区，擅长登高走险，行动敏捷，在山间游走像个精灵一般。人很难接近它们。也许就是这个原因，在他所在的研究所里，有关岩羊的图像和活体资料很少。那些老学究们每每谈到这个话题时，总是摆出这样的理由。但他不解，如果说岩羊真是那么难以接近，那些外国人是怎么弄到活体标本的，还有那些偷猎者，他们又是怎么轻易捕杀到那么多的岩羊的？他觉得问题不是出在这件事情有多难做，而是在于没有人愿意去做。对研究所的人来说，需要研究什么课题时，只要打开电脑，键入一行搜索条目，然后对着那些干瘪的没有生命力的文字，就可以做自己的研究了。如果那也可以称作是研究的话。他鄙视这种对待科学不严肃不认真的态度，他要把野生动物研究拉回到深山里，拉回到动物的种群中间去。他研究了宁夏的贺兰山岩羊，这种岩羊种群的数量在12000多只，过去一直被归入四川亚种。但他发现，贺兰山岩羊与四川岩羊的形体上有着较大的差别，四川岩羊的形体较大，角形舒展，两角间的最大距离在角尖之间；而贺兰山岩羊两角间的最大距离则在两角的外弧之间，两者的毛色也有区别。他提出：贺兰山岩羊很可能是过去没被注意到的，有别于西藏亚种和四川亚种之外的另一个新亚种。研究所的老学究们都笑了，那种带着轻蔑与漠然的笑狠狠地刺伤了他。他们在笑他的轻狂，笑他的幼稚和错误。可是，即使是错误，他也希望他们用科学的态度来批驳。但他们，对他这样的错误甚至不屑去思考，不屑去与他争辩。多么顽固的人哪。他被深深刺痛了，好吧，我一定会把证据摆在你们面前，用活生生的证据把你们脸上的那种轻蔑，把你们身上的那些麻木、保守砸个粉碎。他一个人进山了，他要带一个岩羊的活体标本回来，给那些高高在上的同僚看一看。他会对他们说：看吧，好好看看，仔细摸摸那光滑的皮毛，这就是你们坐在屋里研究了多年，但却从未亲眼看到过，亲手摸到过的贺兰山岩羊。

太阳像被人一把扯下了山，天色一下子黑了下来。老郑嘟嘟囔囔地在一旁忙活着搭帐篷。他拿出手机，依然还是没有信号，他真恨不得把手里这没用的现代化通讯工作扔下山去。她怎么样了，还能撑得住吗，撑到他下山回去？如果他下山后，得到的是一个噩耗，从此世间再也寻不到她，这一切，会被允许写进他的调查报告里吗？那些坐在答辩席对面等着看他败下阵来的专家们会知道他失去的是什么吗？不会。他们会依然每天悠闲地喝着茶，谈论着那些他们觉得永远聊不完的话题。对他内心的痛苦，他们不会知道。

　　他和老郑追寻这群岩羊已经两天了。现在是交配季节，他知道，那些岩羊不会有太多的耐心和时间，它们离开其他种群，就是要找一个僻静的地方谈情说爱呢。再有一天，他一定能追上它们。他暗暗祈祷：一定要等着我。

　　这两天，那十几只岩羊时常出现在他的视线之内，它们的头羊是一只体态雄健的家伙，两只硕大的犄角华丽地盘在头顶，显示着它的身份和地位。它远远地站在岩石上，那么孤兀地凝视着他和老郑这两个不素之客，神态倨傲。两天来，似乎看到他们并无恶意，那只头羊的警惕性低了许多，允许他们走得更近一些了。老郑说：畜生就是畜生，看不透人心里想的是啥。你接近它们两天，它们就不把你看得有多危险了。这是老郑偷猎的心得。但老郑说得没错，野生动物不会知道，最大的危险就来自人类。

　　人类不但威胁着野生动物，而且也在用不同的方式伤害着自己的同类。躺在病床上的她用那双无力的手拉着他说过：带我离开这里。眼泪在她的眼圈里闪着微弱的光，她的生命力也渐渐那么微弱下去了。他忍着心头的酸痛，紧紧握着那双手。是的，离开这里，带她到一个偏僻的乡村，和她一起盖几间房，房前种菜，屋后栽竹，一起过悠闲的田园生活，不再让任何人来伤害她。她就像自己这两天一直追寻的眼前那些精灵，虽然高贵，但却那么柔弱，她无法防备来自阴暗处的危险。这些年，他一直苦心追随着那些山间跳跃的精灵，没有注意到身边这个弱小的默默关心帮助着自己的女人。他曾用祝福的眼光看着她凄然从自己身边走向另一个人，直到那个人在她最需要时抛下了她和她腹中的孩子，绝望中想要结束生命的她被送进医院抢救时，他才发现自己不能失去她。那些无耻的人，他们歆羡着美，然而一旦攫取到美，就肆意践踏。他们就像那些偷猎者，不劳而获、暴食天珍。他要守在她身边保护她，不让那些偷猎的人靠近她，但是，还来得及吗？命运会给他这样一次机会吗？

一定要等着我。他想把这句话用最大的声音传递她，告诉她："不要怕，有我在。"可是，这该死的通讯网络。他低声骂了一句。

老郑已经麻利地搭好了帐篷，听到他的低声怒骂，回过身来惊讶地望了他一眼，说："一路上就听你刚才这句最舒服，哈，这才像咱爷们儿吗。斯斯文文的，那是娘们儿的作派。来，喝二两，喝完你有啥不舒服的就骂出来。狗日的，连老天爷也管不了爷们儿这张嘴，咱打也打得，骂也骂得，活着嘛，不能太窝囊自己。"老郑顺手递过一个陈旧的铁制水壶，那里散发出浓浓的烈酒的味道。

活着，不能太窝囊自己。他琢磨着老郑这句话，感觉这也是老郑一路上讲的最顺耳的一句话了。可是，骂也骂得，打也打得那样的日子，在这偏远的小山村里或许可行，而在他生活的那汇聚了文明成果的都市里，他感觉活得就是窝囊。所谓文明，其实只不过是这么一种被规范了的不公平的游戏。在这场游戏里，强者和弱者早就被安排好了，强者专司欺凌，弱者只能承受。他想起了她那柔弱的身躯和苍白的脸色。

妈的。他心里恨恨地又骂了一句。一仰头，满满喝了一口老郑的酒。

帐篷外完全黑下来了，满天星星象一颗颗发亮的宝石，缀在天鹅绒一般暗蓝的天幕上，灌木林在山风的吹拂下婆娑弄影，沙沙的林涛从远处空空地传来，似汩汩清泉在静谧的夜晚缓缓流过。山里的夜色是这样醉人，他深深吸了一口这海拔 3000 米以上清凉的气息，觉得心里舒展了许多。老郑拿出干粮在帐篷里摆开了，招呼他进去吃晚饭。

　　他不太能喝酒，在老郑的一再相劝下，勉强喝了几口，已是满脸通红，感觉头有些晕了，赶紧摆手不再接老郑递过来的酒壶。然后，又记起了什么，对老郑说：

　　"老郑，你也不敢喝多了，明早还要赶路，别误了正事。"

　　"你这人，咋这么不尽兴呢。你这一路上话也不多，别看我读的书不多，是个粗人，可我看得出，你有心事呢。爷们儿吗，有多大的事，喝上几口，啥都不怕了。来，再来一口。"

　　他摇了摇头。

　　老郑一仰脖，喉咙里咕咚一声，又咽下一大口，斜睨着他说："哈，不是想婆姨了吧。"接着又是一阵怪笑。

　　他靠着背包也笑了笑，忽然很想和老郑把这个话题谈下去。在这海拔 3000 多米的高度上，和老郑，这个相识不到两天的人谈谈自己的心事，倒也是一种不错的释放。何况，他很想知道，像老郑这样的一个人，他是怎么处理感情问题的。会和自己一样有那么多顾虑吗，会彻夜难眠地去想一个人吗。他，一个接受了近二十年的正规教育，掌握着一些现代文明成果，知道牛属于偶蹄目，马属于奇蹄目的人，和眼前这个一辈子没有出过山，甚至不知道自己偷猎的岩羊是国家二级保护动物的人，他们在处理人类最复杂的情感问题时，会有多大的区别。

　　"老郑，就算是想婆姨了，你想吗，你是咋想的。"

"嗨，咋想，"老郑喉咙又一声巨响，"你们文化人真是斯文，婆姨么，就想搂在怀里，热热乎乎的，想说啥说啥，想干啥干啥，还能想啥。"

"你就没有过女人不在身边，想女人想得一晚上睡不着觉的时候？"

"不在身边？那想她干啥，想也是白想么。"

他就怔住了。这是他没有接受过，也不习惯接受的一种态度。爱人不在身边，想也是白想。真的吗？这些天来，他心里装着她，装得满满的。想着她，即使睡不着，他觉得踏实。白想了？怎么可能。那些深深浅浅的思念都清晰地在脑子里，忘都忘不掉，怎么能是白想。

老郑啃了一口干粮，睁着迷离的眼睛问："小兄弟，我就不明白，你大老远跑到这里，整整两天了，就跟着这群羊，打你不让打，图个啥？"

是啊，图啥？她在那里呼唤着自己，等着自己回去，为什么要待在这山里，跟随着这一群不会理解他的苦和痛的牲灵，图啥？他也说不出。忽然就又想喝酒了。

"来，老郑，把你那酒壶给我。"

老郑递给他，却不松手。

"兄弟，不能喝就别喝了，你不比我们，我们是没啥心事，喝醉了躺下拉倒。你不一样啊，有心事别喝闷酒，醉得快。"

"醉就醉吧，醉了就啥都不想了。"他梗着喉咙，学着老郑的样子，硬生生吞了一大口。好烈的酒，感觉从咽喉到肺俯全都燃烧起来。燃烧了好，他就想好好燃烧一次，让那些屈辱、烦闷、压抑都被燃烧掉。

"老郑，要是你喜欢上一个女人，别人又不让你得到她，那你咋办？"

"咋办？大不了打一场，输了走人，赢了就把女人领回家去。咱山里人，不讲那些没用的。你指望把心掏给女人，让她揣在怀里心疼着，就是不能和你睡在一个炕头上，那有啥用。女人，睡在一搭了才是你的。"

酒精在他身上开始发生作用了，他想笑，然后就真的放声大笑了起来。原来世间竟有这么简单而直接的法则，比起那些个纠缠在她身边的文明人，他觉得，老郑这样的人反而高尚得多。但是，老郑不可能知道，也不会理解，那隔在他和她之间的不是某一个人，而是无法逾越的死神。如果这次死神赢了而他输了，那么不管他怎样去努力，也无法唤回她了。

"老郑，有你的，来，喝。"

……

像有一双手在抚摸着他蓬乱的头发，那么轻柔，充满爱意，他浑身舒展着，任这双手抚摸，全身的血脉缓缓地流动起来，像一片叶子，在暖暖的阳光下打开每一个细胞吮吸这饱满的温暖。

忽然，他在一阵剧烈的摇撼中醒来，是老郑。

"看。"

顺着老郑手指的方向，在朝阳照射下半透明的帐篷上，有几个虚虚的影子，悠然地晃来晃去。

是岩羊。他猛然意识到。这群可爱的牲灵，竟在一夜之间把他们当成邻居，来他们的驻地散步了。他把手伸向背包，老郑也几乎在同时把手伸了过去。他取出相机，掀起帐篷走了出去。老郑的手却一直在背包里没有往出拿。

阳光让他在片刻间有些眩晕，眼前的一切足够让他眩晕的了。是那只头羊，带着它的部属，此刻，就静静地立在他面前，离他不到十米距离。那只头羊灰褐的皮毛在阳光下闪着油亮的光泽，威风十足的犄角傲慢地高昂着。它的眼神忽然间温柔起来，在它身边，一只体态轻盈的雌岩羊一边啃着地上新鲜的青草，一边不时地把头触在它身上，轻轻地摩挲着。

阳光液体一般在这 3000 多米海拔的山顶上流动着……

净　土

　　随着一阵惊天动地的痛哭声，母羊腹中的剧痛忽然一下子消失了。她终于能挺直微颤的腿站起来，走近水槽想喝点水补充一下体力，她能感到自己的身体已经虚弱到了极点，她也知道这刚刚消失的剧痛还会再来，而且会一次比一次剧烈，直到最终把她的身体从内部撕裂开，留下一道永远都无法弥合的巨大的伤口。她要有足够的体力来迎接下一次更加剧烈的疼痛。但水槽里只有一层冻得硬硬的冰碴子，地上散乱的玉米秆子也已经被啃得没有一片叶子了。主人家里显然出了什么大事，因为从昨天黄昏到现在，整整一天的时间没有人来看过她，没有给她加过一次料。她伸出舌头勉强舔了舔水槽里的冰碴子。那些冰碴子像是也冷到极点，一接触到她冒着热气的舌头，立刻牢牢地黏过去，急切地吮吸着舌头上的热量。母羊把舌头吃力地拨起来，舌苔上传过一丝细细的冰凉沿着血管箭一般射中她的中枢神经，险些令她摔倒。她隔着低矮的圈墙望望那条和主人家院子连在一起的路，往常这个时候，这条路上必定会响起熟悉的脚步声，接着就看到主人站在圈墙外召唤她，把草料从墙外抛进来，再把水槽加得满满的。今天主人不会来了，整整一下午，院子里来来往往的许多人，个个像是受惊了的羊群一路小跑着，谁都没有往她这里看上一眼。当时她疼得正在圈里冰冷的地上打着滚，咩咩地叫哑了嗓子，但那些人没一个理会她的。

天色渐渐暗下来，那阵哭声过后，不时有一两声女人尖锐的号啕从院子里抛过来，接着就看到又有人慌张地跑进跑出，零乱的脚步声和高高低低地喊叫声撞击着冻得冰一般坚硬的空气。想想即将到来的漫长寒冷的黑夜和那一次次深不见底的疼痛，母羊感到一种从未有过的巨大的恐惧。

天色完全暗下来，院子里多了一盏很亮的灯，灯光远远地投进羊圈，一地的玉米秆泛着暖暖的光。这灯光让母羊觉得平静了许多。毕竟，沉沉的黑夜被灯光驱散了，而可怕的疼痛也还没有来。她把地上的玉米秆在身下拢上厚厚的一层，蜷缩在圈墙背风的一角眯上了眼睛。尽管地上没有柔软的玉米叶，水槽里也只有一点坚硬的冰，但她只要能睡上一觉，也一样能恢复一些体力，一样可以支持她去应付疼痛。她隐约听到一串清脆的铃铛声，是她的头羊回来了。整个羊群里，只有她的那只长着一对弯羊角的头羊才有那样一只铃铛。整个夏天，头羊领着羊群，在长满青草的地里自由自在地吃着鲜嫩的青草。主人挂着羊鞭远远地站在地头不去管他们，主人把他们都交给她的头羊了。铃铛声响到哪里，他们就跟到哪里。地上的草长得好高，绿绿的肥大的叶片嚼在嘴里，甜甜的叶汁就一股一股流进肚子里，直到肚皮撑得溜圆，主人才吆喝着慢吞吞地把他们赶回圈里。晚上，头羊总是守在她身边，叮当叮当的铃铛声陪着她美美地睡着。秋天的时候，羊群开始一只一只地减少。她听到主人对几个跳进羊圈来捉羊的陌生人说："老了，养不动了。"

后来，那几个陌生人就把其他羊装上一辆冒着黑烟的拖拉机走了。再后来，她的头羊也被拉走了，头羊一路咩咩地叫着她，她也冲到圈门前，用头使劲顶着那扇稀疏的门，回应着她的头羊的叫声，直到那叮当叮当的铃铛声就随着拖拉机震耳的轰鸣声越走越远，再也没有回来。那天，她就产生过和今晚一样的绝望。但是，她被留下了，庞大的羊群最后只剩下了她。

她快要生羊羔了。

铃铛声还在响着，随着阵阵冷风时断时续吹过来。她已来不及仔细分辨那是不是她的头羊回来了，因为疼痛又开始了，她全身抽动起来，咩咩地叫起来，她希望能唤来主人，用那双粗大的手掌抚摸着她的全身，那样她也许就会舒服些。但是她的叫声也被强硬的冷风吹跑了，根本传不到院子里。倒是那些叮当声依然时隐时现地传过来，她现在听清楚了，那些声音还是院子里的，伴随着这声音的还有一些奇怪的诵读声，不是她的头羊，而且，院子里的人也不会注意到她了。她只能独自去对抗肚子里这令她痛苦的疼痛，没有人会来照顾她，她的头羊也不会回来了。母羊那本来温柔的眼睛里一下子满是凄凉。

这疼痛来自她的体内深处，有时如一把大锤砸在那里，短暂但巨大。有时又像一双手伸进了她的肚子里胡乱地搅动着，缓慢而绵长，偶尔猛地扯上一把，就让她几乎失去知觉。

她不知道，在她体内正孕育着一条新鲜的生命。在这个新生命诞生初期，它依赖着母体，承受着母体的保护，并从母体吸取源源不断的养分。它和母体是完整的一体。现在，这个新生命孕育成熟了，它的不可遏制的生长力量使它无法安静地躺着，它要寻找一个出口，冲破母体的保护。它要背叛母体了。它左冲右撞，不停地折磨着这孕育它的母体，它顾不得母体的疼痛，因为生长的力量是如此强大如此不可遏制，它无法控制，无法安静下来。它要脱离母体，它甚至不惜把这孕育它的母体撕个口子冲出去。

母羊不知道，生长的过程其实就是一连串的疼痛。这疼痛是因为从新生命诞生的那一时刻起，母体就开始分裂，分裂成两半，分裂出另一个生命。这分裂的过程有时会以取代母体为代价。

母羊痛苦地挣扎着，她的哀叫声被风吹得更加微弱了，她全身雪白的毛在颤抖着，身下的玉米秆已被蹬得散乱狼藉，母羊的力气在一点点衰弱，体温在一点点降低。

这样的疼痛一个晚上袭击了她好几次，每次，母羊都觉得开始向着深不见底的黑暗中沉下去了，身体变得轻飘飘的，下降时她感觉到一种极其自由的快乐。那黑暗深处没有寒冷，也没有饥饿和疼痛，她又能听到头羊那熟悉的铃铛声了。但是，下一阵疼痛来临时，她又完全醒了，望着那摇摇晃晃的灯，望着黑漆漆的夜，躺在冰冷的地上沉重地喘着气，和一阵阵来自体内的疼痛做着绝望的挣扎。

太阳慢吞吞地升起来，光芒惨白地没有一丝温度地洒在光秃秃的田野上，照见地面上一层薄薄的银色的霜。院子里，几个全身披挂着母羊皮毛一般雪白长布的人开始忙碌起来。不多时，一些花花绿绿的旌幡和小纸旗就挂得到处都是，在风中烈烈地飘动着。五六个陌生人在院子正中架好一张桌子，又用砖块围成个简易的炉膛，生上火，等炉膛里冒出红红的火苗，陌生人就敲起鼓，几把唢呐就呜呜咽咽地吹起曲子来。吹唢呐的陌生人两腮鼓鼓的，脸憋得醉汉一般通红，微眯着双眼摇来晃去卖力地吹着。天气冷极了，唢呐腔里流出的唾液流到喇叭口处就已结了冰溜子，晶莹剔透地挂在喇叭口上。几个浑身雪白的人围在一旁抄着手听着，笑着，不时跺着脚。屋里依然是哼唱一般奇怪的诵读声，中间夹杂着几声尖细的哭腔，院子里似乎热闹非凡，一整天都没有停过。

没有人再来看过她，母羊就一直躺在墙角，睁着眼睛望着栅栏门以外的那些人。她没有力气站起来了，也不再咩咩叫了。她知道不会有人来了，平静了许多。虽然地上更凉了，太阳没有一丝温度，而且光光的玉米秆和空了的水槽也不会为她提供一点食物，但这些都不重要了，她已经真的感觉不到饿和冷了。她全身几乎不动，只有肚子有时剧烈有时微弱地跳动着。鼻孔和嘴巴上结起了一层白白的冰花子，每一次呼吸都又增加一些。

撑灯的时候，所有穿白衣服的人都聚到院子里，在一个僧人模样的人带领下，排成长长一排围着院子转着圈。烟雾缭绕中，那些人就像是主人当初拿着鞭子走在前头，引着到滩里去吃草的雪白的羊群。母羊觉得，她的羊群咩咩叫着回来了，她那威风凛凛的头羊也向她走来了，铃铛在脖子上挂着，一走一晃，发出叮当叮当的熟悉的声音。

又是一轮惨白的太阳升起来，那些白花花一片的人群抬着一个大大的木匣，其中一个人抱着主人的像，排着队，在唢呐和钟磬的萦绕声中，远远地走了。院子里静了下来。母羊抽动了一下身体，她的身体下已潮湿了一大片，她再次感到了一种身体撕裂的疼痛，但这是最后一次了。几分钟以后，一只浑身冒着热气的幼小的羔仔哆嗦着试图站起来。这个小羔仔身上还包着一层薄薄的胎衣，母羊不能帮小羔仔把胎衣舔去了。小羔仔就拖着越拽越长的胎衣摔倒又爬起，终于爬到母羊的身下，咩咩叫着，把嫩嫩的嘴巴凑向母羊的乳腺。

这时，就在不远处，在一片开阔的土地上，一连串震耳的鞭炮声炸响开来，几十个全身雪白的人伏下身，如伏身吃草的羊群，唢呐呜咽着吹奏着古老的悲曲，哭声鼓声磬声在半空盘旋，最后，都齐刷刷落在开阔地正中那一垅刚刚立起的土堆上。

山那边

　　贺兰山主峰敖包圪垯峰海拔 3556 米，在内蒙古阿拉善盟巴彦浩特境内。"贺兰"在蒙古语里是骏马的意思，敖包圪垯因形似马蹄，又称为马蹄坡。虽然不是名山，但每年夏秋，还是会有很多人来徒步攀爬。

　　进山的路上沿途扔下许多垃圾。杨根生的工作就是每隔几天进一次山，把这些垃圾捡干净。

　　刚绕过一个小山坡，就看见路边草地里躺着一个人。杨根生吃了一惊，赶忙奔过去看个究竟。走到距离十来米处，他已经认出的那个人。杨根生愣住了，随即跑过去大喊着刘芳菲的名字。刘芳菲躺在那里一动不动，她脸色苍白，衣服已经划破了好几处，右脚用撕下的衣服包裹着，血已经把包裹的衣服染得殷红。杨根生摸了摸刘芳菲的动脉，确认她只是昏迷，赶紧取出水壶扶起刘芳菲，往她嘴里灌了点水。刘芳菲缓缓睁开眼睛，茫然地望着杨根生，定了定神才说："你是杨根生？"

　　杨根生点点头说："没有想到吧。"

　　苏醒过来的刘芳菲因为脚上的疼痛猛然嘴角抽动呻吟起来。杨根生赶忙放下她，开始解缠在她脚上的包裹。

　　"忍着点，会很疼的。"

解开包裹物时，刘芳菲疼得哭了起来。杨根生把那一团被血洇透的东西拆开，脱下她的鞋子，鞋子里已经盛满了血，脚也被血染红了。杨根生仔细地用清水把血冲洗干净，才发现脚底是被木刺一类的东西扎透了，这会儿还在汩汩地流着血。他看了看哭得五官都变了形的刘芳菲说："我包里有药，我帮你重新包扎好就没事了。"

　　因为常年在山林里子，他总是随身备着止血治摔伤的各种药物。他取出药敷在伤口上，又用绷带重新包好，忙完这一切，头上渗出一层汗来。

　　"好了，没事了，不过鞋子不能穿了，休息一会我背你下山。"

　　杨根生坐在地上点了根烟，深深地吸了一口，就不说话了。

　　确认自己已经脱险了，刘芳菲感觉脚上的伤也不那么疼了，她望着杨根生说：

　　"真奇怪，你怎么会在这里?"

　　回答她的是杨根生阴郁的表情和长时间的沉默，刘芳菲不敢说话了。

　　抽完一支烟，杨根生问："你是怎么到这里的?"

　　"我们毕业班组织爬山，路上我走得慢，落在后面了。我急着赶上同学，就抄了条小路，路上脚被扎了，手机也没信号，我又疼又怕，一紧张就掉下山沟了。"

　　杨根生望了望天空说："天快黑了，看样子今天你下不了山了。"

　　"啊? 那怎么办? 找不到我，同学和老师会着急的。"刘芳菲一脸愁容。

　　杨根生掐灭烟头站起身说："前面不远有户守林人的房子，我先背你到那里。"

　　杨根生背起刘芳菲，沿着密林中一条崎岖小路往前走。林子里光线很快就暗下来，杨根生专心看路，也不说话。刘芳菲心里害怕，也不敢说话。头顶上不时有成群的鸟呼啦啦飞落，间或有野兽的叫声，刘芳菲吓得伏在杨根生背上不敢动弹。大约半个小时后，远远看到一点萤萤火光，杨根生说："到了。"

看林人老刘是个鳏夫，五十多岁仍孤身一人，常年住在山里。杨根生隔三差五进山路过时，老刘会把他需要的生活用品列张单子，等杨根生下次来时给他带来，他俩之间很熟悉。快到屋子时，杨根生远远就喊："老刘，老刘，快过来搭把手。"老刘闻声从屋里出来，见杨根生背着个人，赶紧奔过来帮着扶进屋。

屋子不大凌乱地摆着一张床和锅碗瓢盆等家什，靠窗户打着一盘灶台，灶膛里通红的火苗烧得正旺。杨根生把刘芳菲放在床上，三言两语把路上遇到刘芳菲的事说了，就让老刘赶紧给他们弄点吃的，然后两个人就一起在灶台上忙活起来。

屋子里散发着一股潮湿发霉的味道，混合着男人身上浓重的汗味，呛得刘芳菲喘不过气来。床单和被子积着厚厚的一层油渍，在火光下泛着黑亮的光。刘芳菲此刻也顾不上这许多了，只觉得终于有了落脚的地方，一种脱险的轻松让她如释重负。真是冤家路窄，没想到大学毕业十年后，在自己遇到危险的时候，竟然是这个杨根生站出来成了自己的救命恩人，刘芳菲一时无法接受这样的命运安排。

饭很快就好了，不过是一锅粗陋的面疙瘩汤，外加硬得咬不动的干饼子。杨根生吃得很香，喝汤时喉咙里发出很响的声音，刘芳菲皱着眉头鼓足勇气才喝下一碗。

收拾完碗筷，杨根生就和老刘商量刘芳菲的事。他们俩都操着很重的方言，刘芳菲一句也听不懂，只看着老刘在不住地点头答应，然后，老刘就提着一个巡山用的大手电筒，推门出去了。屋里只剩下杨根生和刘芳菲两个人，杨根生也不说话，只顾对着灶火抽烟。火光一闪一闪的，把他的影子投在屋顶上，黑魆魆有些怕人。

刘芳菲怯生生地问："杨根生，老刘去哪儿了？"

杨根生低着头说："去山下通知林管站的人。"

"那他还回来吗？"

"天黑，路不好走，他天亮再回来。"

刘芳菲感觉自己的心一下子又提到了嗓子眼里。

她记得那应该是在大学二年级时发生的事，刘芳菲住在女生宿舍楼的一楼，为了洗澡方便，一楼的女生凑钱在水房装了一台电淋浴器，洗澡时再把窗帘拉上。有段时间，一楼女生传言有人经常扒在水房窗外偷看女生洗澡，吓得女生都不敢洗澡了。那几天天气太热，刘芳菲壮着胆约了几个女生，灯都不敢开在水房里洗澡。洗了一会，一个女生忽然指着窗户喊："谁？"几个女生吓得慌忙穿衣服。刘芳菲抓起一瓶浴液抢到窗前，推开窗户砸了过去。其他女生听到动静冲出楼外，就见杨根生呆呆地立在窗外，头上身上都是浴液。刘芳菲冲过去扇了杨根生一记耳光，周围的女生推推搡搡把杨根生押到学校保卫处。在保卫处，杨根生憋红了脸也只会说一句："我没有，真的，我没偷看。"有刘芳菲等人的证词，又有杨根生被浴液砸中的证据，几天后，学校就把杨根生除名了。通报贴出的当天，杨根生就离开了学校。这件事刘芳菲没多久就淡忘了，因为杨根生平时就不引人注意，时间一长，刘芳菲甚至忘了还曾有过这么一位同学。谁知命运捉弄，偏偏让她和杨根生遭遇到这深山老林里。

想起杨根生上学时的表现，刘芳菲对于她将和眼前这个人在荒山老林的一间破屋子里，独自呆过一整夜的处境就越发害怕起来。虽然杨根生在路上救了自己，但是，当年是自己带头指认杨根生偷看，并要求学校严肃处理，最后他被开除了，估计杨根生恨死自己了吧。谁知道在这样的夜晚，在这荒无人烟的山里，他会不会做出什么变态的报复性举动。

看着杨根生阴郁的样子，刘芳菲壮着胆决定主动跟他说话，绝口不提当年的事，以免刺激他。

她试探着问："杨根生，这些年你是怎么过的？"

杨根生苦笑两声说道："像我这样的人，大学没毕业，名声又不好，想找份体面的工作简直是妄想。正好这里招护林员，工作稳定，与世隔绝，我就来了。"

显然，杨根生可没忘了当年那件事。刘芳菲听出杨根生的话里带着怨愤，就担心起来。平心而论，自己当时虽然很气愤，但也决不想把杨根生推到这样的境地。此刻她和杨根生困守在这阒无人迹的大山深处，屋外是黑沉沉的夜，身边是未知的恐惧，她真担心杨根生情绪失控，会做出什么伤害她的事情来。

刘芳菲想换个话题缓和一下气氛，她说："杨根生，今天多亏遇到你了，要不然我吓都吓死了。下山了我一定好好谢谢你，请你吃大餐。"

杨根生目无表情地蹲在灶台旁，火光映在他脸上，显得十分诡异。他背对着刘芳菲说："你知道吗，我去大学时，村子里是敲锣打鼓把我送走的。被学校开除后，这两年我一直不敢回去。我躲在这大山里，不知道该怎么去面对父母家人。我其实特别恨你，恨你们这些自以为是的城里人。我知道你们都看不起我，我家里穷，条件差，可我不缺骨气。我真的没偷看你们洗澡，为什么你们都不相信我。"

杨根生的情绪明显激动起来，刘芳菲越发害怕起来。想想杨根生这两年来的处境，她也觉得不忍。她对杨根生说："我也没想到会弄成这样的结果，我们几个女生当时又气又怕，没有考虑那么多，真对不起。"

杨根生嗤笑了一声，就不说话了。山里的晚上气温降得很快，屋子里渐渐有些寒意。杨根生往灶台里扔了几块木头，用火钳拨了拨，火苗就蹿上来，照得屋子里亮了许多。杨根生起身说："你将就着睡吧。"他拿起一件大衣，推门出去，关门时，忽然回头说："我那天晚上从图书馆回来，路过你们宿舍，只顾低着头走路，有个人迎面撞了我一下，我一愣，然后就被一个瓶子砸中了。"

刘芳菲愣了一下，问："你要去哪儿?"

"就在门口。"

刘芳菲喊了一句："外面很冷的。"回应她的是咣当的关门声。

夜漫长得难挨，不知道剩下的几个小时该怎么渡过。在那件事以前，杨根生这人给她的印象还是挺老实的。杨根生来自山区农村，家庭条件不好，总是穿一件灰土土的棉布衣服，在食堂打饭总是打最便宜的菜，班里很多同学都瞧不起他。杨根生平时话不多，跟女同学说话还会脸红。刚上大一时班里联欢，每位同学都要到台前介绍一下自己。杨根生上台时，局促得手都不知往哪放。他带着浓重的乡音说："我叫杨根生，杨是杨树的杨，根是杨树根的根……"说到这儿，底下的同学已经笑成一团，杨根生窘在台上片刻，就低着头回到座位上。后来听男同学说，杨根生花十块钱买了一个小收音机，每天早晚对着收音机在楼道水房里学普通话。不过，到他离开学校的时候，他的普通话都没学好。就这么老实的一个人，刘芳菲也想不到他会是那个偷看女生洗澡的"变态狂"。也许真像杨根生说的那样，那晚是别人在偷看，而杨根生恰好路过，成了替罪羊。但是，现在这些都不重要了，她只盼着天快点亮了，自己能下山见到同学老师。

窝棚的门不过是几块破木板绑在一起，只能勉强挡挡风。她开始还担心杨根生会做出无礼的举动，看到杨根生主动到屋子外面睡，心里的恐惧也就少了许多。一天的经历已经让她筋疲力尽，她靠在床边，昏昏沉睡。

醒来的时候，是被一阵哔哔剥剥的声音吵醒的。翻身看到杨根生正在给快要熄灭的炉火添柴，炉子上的锅里冒着腾腾热气。门开着，一块方方的阳光铺大地面上，鸟叫声起起落落，整个大山都醒了。

喝过稀饭，杨根生递给刘芳菲一根削好的拐杖，让她拄着下地走走看。这根拐杖应该是杨根生晚上削的，光滑的把手上没有一点扎手的感觉，刘芳菲觉得杨根生这人心还挺细。她拄着拐杖走了几步，觉得脚已不是那么疼了。

杨根生说："我现在就背你下山。"

"不用背了，我能走的，就是慢点。"

"你这么走，等下山天又黑了。"

杨根生不容分说，背起刘芳菲往山下走。山路曲曲折折，时而爬坡时而下台阶，不一会杨根生已累得满头大汗。刘芳菲看着不忍，执意要下来自己走。她拄着拐杖蹒跚着走得很慢，杨根生就在后面不紧不慢地跟着。林间小道上，一束束阳光透过枝叶照下来，像一团团跳动的火。叽叽喳喳的鸟叫声清脆婉转，不绝于耳。路边的一条小溪哗哗地流动着，一路翻起白白的浪花。路上再没有其他人，山野幽静而蕴藏生机，这一切让刘芳菲不时发出惊叹。她昨天急于赶路，后来又因身陷困境担惊害怕，竟没有好好欣赏这山里的景色。现在悠闲地走在路上，才发现这山里竟是这么美。

杨根生的情绪好像也渐渐好了起来，一路为她讲着山里的各种植物的名字，他还能根据鸟的叫声，听出这是哪种鸟在唱歌。讲起山里的这些生命，杨根生一下子没有了上学时的木讷和拘束，在这阒无人迹的大山深处，他那依然很浓重的方言让他的讲述显得生动异常。他指着斜对面的一座山峰说："看那座山，像不像一些幅马鞍子？传说这座贺兰山就是一匹骏马变的。很久以前，这里是一片茂盛的草原，生活着一群自由自在的游牧民族。他们驰骋马背、放牧游猎，过着无忧无虑的生活。后来有一天，狂风怒号、黄沙满天，就在这狂风沙暴中，马群里诞生了一匹浑身金身的马驹。牧民们认为这匹小马是不祥之物，是它给牧民带来了坏运气，就把它赶出了马群。小马在荒凉的不毛之地上渐渐长成一匹神骏异常的骏马，它看到沙漠正在日益吞食着丰茂的草场，牧民们生活越来越艰难，就追赶着黄沙，要把这恶魔赶出草原。奇怪的是，只要这匹骏马踏过的地方，草场就会立刻恢复生机，黄沙转眼消失。这匹马一路追赶着黄沙，直到筋疲力尽，它倒在地上，化作了这绵绵青山，阻挡着黄沙的进犯。牧人们为了纪念它，就把这座山叫作贺兰山，'贺兰'在蒙古语里就是骏马的意思。每年到春秋两季狂风大作的时候，这山里都能听到万马嘶鸣，据说那就是那匹骏马带领着它的马队在与狂沙作战呢。"

刘芳菲以前一直认为贺兰山就像他的外表一样，荒凉粗粝，寸草不生。这次进山，才发现原来在山脉的腹地竟然是郁郁葱葱的原始森林，更没有想到贺兰山还有这么神奇的神话传说，不觉就听得呆了。

刘芳菲说："杨根生，我感觉你像是变了一个人，"

杨根生说："在山里待得久了，很多道理渐渐就想明白了。这山看着不起眼，但能教会你很多东西呢。"

刘芳菲走累了杨根生就再背她走一阵，或者搀着她走，两人边聊边走，不觉已经快到山脚下了，远远就见老刘和两个管理员担着幅单架迎了过来。杨根生对刘芳菲说："行了，你脱险了。他们会送你下山找同学的。"

刘芳菲愣了一下说："怎么，你不去见见同学和老师吗？"刘芳菲想的是，见到同学和老师，一定要为杨根生洗清冤屈，她现在越来越相信，杨根生绝不是大家想象的那样。

杨根生对她说："我就不去了，见了他们，一定不要提起遇到我的事，就说是老刘他们救了你。"

说着话，老刘他们就到了，扶刘芳菲躺在担架上，杨根生又说："对了，这次你没能爬上敖包圪垯，等你脚好了，要是还想爬，我给你带路。"

他扬扬手，让老刘他们抬着刘芳菲走，然后扭头又向山上走去。转过一个山弯，就隐没在浓密的树林里了。

刘芳菲平躺在担架上，木然地看着头顶的云彩飘动着，偶尔几只鸟出现，短促的鸣叫声在空旷的天空中急掠而过。想着刚才的对话，她忽然明白了杨根生为什么不让提起遇到过他。她想起了读过的一篇小说里，有这样一段话：年华里的一个笔迹，即使没有意义，也长久地存在……

梦开始的地方

　　我无法忘记那一刻，英美那怨愤的眼神瞪着我：让开。没错，她是说给我听的。高头大马觉果奋力想要挣脱我紧紧攥在手中的缰绳，高声嘶鸣着。我的手快被勒得流血了。骑在前面的洛桑次仁冷冷地望着我，这个二十三岁的毛头小伙，此刻却异常高大庄严地立在我面前，像一座山峰，一下子挡住了照在我身上的阳光。英美就坐在他后面，双手挑衅似地搂着次仁的腰。

　　"你会后悔的。"我感到攥着缰绳的手越来越疼了。

　　洛桑用脚踢了一下觉果的肚皮，觉果长嘶一声冲了出去，驮着它的主人和我心爱的女人，奔向了茫茫的青灰色的天际里。我伸出的手掌里，只留下一种被皮缰绳猛烈抽打过的火辣辣的疼痛。

　　我问过小客栈的老板罗布，到玛旁雍错圣湖来回大概需要三天。下楼时，罗布正在擦拭吧台上供奉的一尊强巴佛像。见我背着旅行包赶忙笑着迎上来问："要走吗？"我想我沮丧的表情一定引起了他的不解，又追问了一句："在这里玩得不开心吗？"我懒懒地把旅行包扔在吧台上，结了房费，又预付了三天的房费，告诉罗布，英美的一部分行李还在房间里，如果英美在三天内回不来，拜托他把英美的行李代为保管。

"我的云卓拉姆去圣湖找诺桑王子啦，老罗布，要是我的哀伤激起了你的同情心，拜托你给我拿杯酒吧，喝完酒我也要走啦，赶在猎人到达之前，我得把我的云卓拉姆抢回来呢。"这是藏戏《诺桑王子》里的故事，在普兰几乎家喻户晓：美丽的云卓拉姆在圣湖边洗澡时，被猎人掳去献给诺桑王子。后来，诺桑王子外出打猎，云卓拉姆受到其他妃子的陷害，变成孔雀飞走了。但罗布显然没听明白，他给我倒了一碗甜青稞酒，依然笑眯眯地用生硬的汉话问：

"你的女朋友不一起去吗？像她那么美的姑娘你得紧紧看着，我们这里的藏族小伙子可是会把她拉上马背抢走的哟。"老罗布的话让我更加心烦意乱，我把一大碗青稞酒端起来一饮而尽，对老罗布摆摆手，背起旅行包摇摇晃晃出了门。

我到旅行社租了那匹叫作普拉的黑马和一顶帐篷，普拉是匹脾气很大的黑马，第一天来这里租马时，洛桑就不怀好意地让我骑普拉，结果，在去科加寺的路上，我被普拉扔在了草地上。但是这次，我决定骑着它去。远远地能望到纳木那尼峰那高大的山影，今晚赶到山脚下，明天一早就能到圣湖了。

给我备马的是洛桑次仁的同伴达瓦，备好马，把马缰绳塞给我时，他用一种奇怪的眼神望着我，好像我要去的是个可怕的地方，而且再也不会回来了。也许是那碗青稞酒的作用，我决定表现一下自己的豪气。我一只脚挂在马镫上，回身对达瓦说："达瓦，敢不敢跟我打个赌？"藏族青年喜欢打赌，这是他们表现胆色的方式。

达瓦说："大哥，打什么赌？"

"我和你赌一整箱的啤酒，回来的时候，你的那个漂亮姐姐会坐在我的马背上。"

达瓦哈哈笑了，拍拍我的肩头说："大哥，我赌你赢。回来请你喝一整箱的啤酒。"

我翻身上马的时候，普拉打了个响鼻，没等我坐稳就一颠一颠地跑起来了。我的另一只脚还没完全放进马镫，就在倔马普拉的颠簸中，开始了我生命中最重要的一段旅行。

高原的太阳炽烈得像个大火球，潮湿的水草散发着潲热蒸人的气息，几只黄鸭成双成对地扑打着水面在觅食。沿着孔雀河畔走了不一会儿，我的脑袋就被晒晕了。普拉也被晒得耷拉着头，没精打采的放慢了脚步。我干脆放开缰绳，任由普拉驮着我慢悠悠向前走。路上看不到一个人，只有普拉散漫的马蹄声发出空空的回响。

我越来越觉得这次进藏犯了一个致命的错误，就是不该选择来普兰。本以为这是一次甜蜜愉快的旅行，是属于我和英美的爱情旅行，但是从西安坐汽车一路摇到拉萨，登完布达拉宫，转遍巴廓街，又坐着散发着难闻汗味的大客车游完日喀则，我已经开始想念家里舒服的床和街口那家咖啡厅里蓝山咖啡的香味了。但是英美兴致丝毫不减，她简直像被日喀则的阳光晒晕了头，虽然脸上手臂上的皮肤都已晒伤，泛着一层红色，但还是整天兴冲冲地出去，和当地的藏族老人一起喝酥油茶，向年轻人学唱藏族歌，跳锅庄。真看不出她那瘦小的身体竟还有这么充沛的体力，不过我可受不了，我装出一副筋疲力尽可怜无助的样子哀求着，总算我的英美答应让我在宾馆里休息一天。睡醒一觉时，太阳从窗户里照进来，烤得满屋的木家具都发出轻微的哗哗剥剥的声响。我坐在床上还盘算着一会儿英美回来，会怎么央求我带她赶紧离开这里，这时英美就出现了。推开房门，她就站在阳光里："一起去普兰吧，去看神山圣湖。"我当时连普兰在哪儿都不知道，不过我觉得哪怕再往前走一公里远，我都会晕倒。我就真的一头倒在床上。

英美倚在门边上望着我说："算了，看来你是不想继续往前走了。要不你回去吧，能陪我到日喀则已经不容易了。"

我赶紧从床上翻起来，吃了一路的苦就是为了让英美看到我对她的爱，管它什么普兰普白，只要天底下有这地方，只要是英美要去的地方，大不了多掉几斤肉，走。

一辆大巴车载着一车天南地北的游客摇摇晃晃出发了，两个司机换着开，没日没夜地在见不到一个人影的路上跑。问过司机才知道，到普兰要走 50 多个小时。要不是英美坐在身边，我准会疯掉。英美一路上望着窗外的雪山、湖泊和成群的牦牛，兴奋得像个小孩子。我呢，看着她的高兴劲儿，多少也生出一股豪气来。这么远的路，英美又是一个人，没有我陪着怎么行呢。

挨到普兰，原来是个不大的小镇子，紧靠着中国和尼泊尔边境。

到普兰，就不该住进那个倒霉的孔雀宾馆，更不该听老罗布的一番胡说。休息了一晚上之后，我和英美找老板罗布打听去玛旁雍错圣湖和冈仁波齐神山的事情，老罗布大概昨晚喝多了青稞酒还没醒，所以才说出那番让我后悔不迭的话来：

"神山圣湖啊，哈，来到普兰的人有哪个不是为了去看一看神山圣湖哪。那是我们藏族人心中的圣境哪，我每年都要去朝拜的，那一路上的风景，噫呀，太美了。你们还没结婚吧，这我可是看得出来的。结婚的男人可没几个愿意陪着女人来这里的，路远，要吃苦啊。到过神山圣湖的人，佛会保佑你们一辈子恩爱的，呵呵。不过不要着急，到神山圣湖骑马来回要走三天的，你们刚到这里，要休息好再去，不然累得受不了。"

我愣了："我问的是坐汽车怎么走，不通汽车吗？你看不出来我们是游客不是来放牧的啊，骑马？我连牦牛都没骑过。"

老罗布眨了眨眼睛："牦牛我也没骑过。"

英美一把拽开我，笑眯眯地对老罗布说："大叔，您别听他胡说，他在逗您哪。您告诉我，为什么要骑马去，没有去那儿的汽车吗？"

老罗布拍了一下自己的脑门，说："是这样，我们藏民每年都是骑着马，带着干粮去。有的人还是一路叩着长头去呢，那路上的风景美哪。坐汽车？那不是去朝圣，是去享福，一路上什么都看不到的。"

看着英美眼睛一亮，我知道自己的苦难又开始了。这个不会说话的老罗布，你提骑马干什么。

英美开始详细地向罗布了解去神山圣湖的具体事宜了。按照老罗布的安排，我们先到他介绍的一个旅行社租两匹马，最好找个向导，带我们先去看看普兰城外的王室洞窟和科加寺，顺便学学骑马。然后再去神山圣湖，骑马去。

我跟英美争了快一个小时，最后，还是乖乖跟着英美去租马了。

那个旅行社就在镇子的另一边，房子后面是一排长长的马厩。经理站在门口喊："次仁，牵两匹好马出来。"不一会儿，就见一个卷发浓密，脸膛儿俊朗，身材健硕的藏族小伙牵着两匹马，笑着走出来。英美禁不住惊叹了一句，笑着对经理说："呵，你这里的藏族小伙子都这么帅气吗？"经理乐呵呵地说："两位，他叫洛桑次仁，土生土长的普兰人，是我们这里最好的驯马师和最熟悉本地的向导。"

我看看了次仁，又想起英美常说的让我减肥的话，就问经理："你这就没有年龄大点的向导吗，我们想找个稳重点的。"

洛桑次仁脸上的笑容立刻没有了。英美轻轻踢了我一脚，对次仁说："看样子我比你大吧，藏语'姐姐'怎么说呢？"

"阿佳。"次仁嘀咕了一句，黑亮的眼睛在英美身上扫了遍，看得我有些不自在。

英美伸手给他说："你就叫我'阿佳'吧，从现在起，你就是我们的向导了，呵。"

"阿佳。"那家伙真的伸过一双大手握住了英美那双细嫩的小手，有英美在场，我不便发作。我装作行家一般围着马转了好几圈，指着其中一匹青花马对次仁交代："去，把这匹马给我换了，我看着它就有气。"我得让这家伙知道，他只不过是我花钱雇的而已。

次仁回头看了我一眼，目光很冷。然后，他甩动着一头长长的卷发，居然很听话地进去又牵了一匹通体毛色黑亮的马出来。

"嗯，这匹马不错。"这马就是倔脾气马普拉。

英美也是第一次骑马，她很兴奋，踩着马蹬试了试，没上去。次仁过去托着英美的另一只脚要把她扶上马，我毫不客气地拍拍次仁的肩膀："照顾女士的事归我，听见了吗，你呀，只管照管好你的马，领好你的路。"

不过我往上托的时候用力有些大，险些把英美从马背上掀过去。

轮到我了，可倔脾气马普拉在原地打圈圈，就是不让我把脚放进马蹬。英美骑在马上咯咯地笑着。

"别逞能了，快让次仁帮帮你吧。"

次仁那家伙在一旁梳着他的马鬃，装作没听见。

我可顾不了那么多了，把马牵到门前的台阶下，站在台阶上，终于跨上了马背。我颇有几分得意地对次仁一招手：

"嘿，上路。"

我们先去的是科加寺。

次仁一路都不怎么理我，只和英美并马走着，给她讲路边的植物都叫什么名字，讲关于前眼那无数个山头的传说。英美好象也把我给忘了，和次仁一路笑着说着。

"阿佳，我们藏族有很多神山圣湖呢。老人说，神山上住着掌管风雪冰雹的'念'神，圣湖里住着美丽的龙女。阿佳，你到了圣湖可千万不要在湖水里照影子噢。据说，美丽的女人在圣湖边把影子投在水里，龙女是要生气的。哈！"

英美也大笑起来。我跟在后面愤愤地踢了倔马普兰一脚，结果就被它扔在了厚厚的草甸子上了。

次仁这才哈哈大笑着停下马，把我扶起来，英美也居然想起关心我，问我摔伤了没有。

次仁说："这马倔，你骑不惯的，你骑我的马吧。"

洛桑次仁骑的那匹马叫觉果，藏语的意思是"快"，幸好它跑得虽快但性情温和。

不过，阿里的风光真的是美妙极了，骑着马一路溜溜达达，的确是一件很惬意的事，再加上次仁一路的讲解，真是浑若在画中游，在仙境中游。

"今年是猴年，这个时候，大家都在朝拜喜马拉雅山的扎日神峰的路上呢，因为那是胜乐金刚的坛城。到了羊年，我们要去朝拜藏北的念青唐古拉山和纳木错圣湖。阿佳，要是你们赶在马年来普兰，这里才热闹呢，那时候啊，全阿里的百姓都来这里朝拜神山圣湖，要围着神山转山。因为马年是冈仁波齐神山的本命年。"

我就是在这一路上，听次仁讲起了诺桑王子和云卓拉姆的故事。不过他讲的这故事令我不快，他为什么给我们讲这个故事，云卓拉姆当然是我的英美，可是诺桑王子又是谁？是我，还是老用双黑亮的眼睛看着英美的这个卷头家伙？

我说："洛桑，你的阿佳姐姐美不美啊？"

"美，是我见过的最美的阿佳。"

英美骑在马上大笑起来，对洛桑次仁说："姐可不是最美的，你将来要娶一个像云卓拉姆那么美的妻子呢。"

次仁说："阿佳，你啊，就是传说中的云卓拉姆下凡呢。"说着，他骑在马背上开始唱一首藏语歌。那曲调很悠扬，洛桑次仁唱得如痴如醉的。唱完了，他一句一句翻译给我们听：

"丢下情人舍不得，

带走情人又害羞，

情人是木碗该多好，

时时刻刻揣在怀里。"

等他把歌词的意思说完，英美竟也痴了，低着头一句句重复着那简单直白的歌词。

洛桑次仁说，藏人几乎每个人都有一只木碗，走到哪里都揣在怀里，人在碗在，形影不离。

我听得已经有些怒不可遏了，催了一下马冲到他们中间，对洛桑说："给我们唱个喜庆的歌吧，洛桑，你知道吗，这趟回去，我就要和你美丽的阿佳姐姐结婚了。藏族结婚都唱什么歌，你给我们唱一个祝福的歌吧。"

英美在马上狠狠蹄了我一脚："你胡说什么，谁答应回去就跟你结婚了。次仁，别听他的。"

我有些急了，一把拉住英美手中的缰绳说："英美，你说要来西藏，我陪你来了。你说要看什么破神山圣湖，我就一路陪着你来到这个鬼地方。我受了这么多罪，你还要我怎么样啊。"

我话刚说完，洛桑就提着马鞭冲上来，满脸怒气地指着我说："你冒犯了我们的神灵，你不是我们尊贵的客人。阿佳，我次仁不愿再给这个人带路了。"

我的英美，此刻，居然也和洛桑一样的表情："没想到你这么狭隘。你不用再陪我了，我自己会走。"

她转过身对洛桑次仁说："我们走。"

真是天旋地转，刚才我怎么冒出这么一番话。我立马停在原地，眼看着我的英美和那个身材健硕的卷头发的洛桑次仁远远地并排了。

我一个人回到孔雀宾馆，老罗布诧异地望着我身后。我说："别看了，都是你出的好主意。给我拿瓶酒来，我请你喝酒，我得好好谢谢你啊，老罗布。"

等英美回来的时候，我已经和老罗布醉得趴在桌子上睡着了。

第二天一早，洛桑就骑着觉果来约英美去神山圣湖，身后还牵着一匹驮着食物和帐篷的马。我意识到我和英美之间的问题严重，死死拉住马缰绳不让他们走，要英美跟我一起坐汽车去。但现在，却只剩下我一个人去走这段路，去追回我的云卓拉姆了。我没有选择坐汽车，虽然那样会快一些。我要让我的英美看看，我也是骑着马来的，而且是骑着那匹倔马普拉。等着我，英美，我一定让你坐在我的马背后面回来，让达瓦请我喝一整箱子的啤酒。

刚才还是烈日当头，转眼前竟刮起了刺骨的凉风，不一会儿还飘起了米粒大小的雪粒子。我裹紧身上的大衣催着倔脾气普拉继续赶路，太阳落山前，我已经到了纳木那尼峰下。

山脚下停着几辆越野吉普，扎着两顶帐篷，四五个人围着篝火正在喝酒说笑。我路过时，他们远远地向我打招呼："老乡，过来喝杯酒暖暖吧，这么冷的天，别赶路了。"走近了才知道原来大家都是和我一样的年轻人，听说话的口音就知道他们来自山东。互道问候之后，我坐下来接过他们递上的酒喝了一大口，身上立刻暖和了。几个人一个劲地夸我，说我一个人骑马去圣湖了不起，我听着倒是美滋滋的。领头的大汉大家叫他洪哥，我也就跟着这么叫。几杯酒下肚，我拍着洪哥的肩膀说：

"洪哥，谢谢你的酒啊。可是我不能再喝啦，再喝就醉啦。你看，我的马在叫我呢。它是匹倔脾气的马，可是这一路它没发脾气，你知道为什么吗？它是急着去追它的主人呢，它的主人把我的心上人带走了。我和这匹倔马现在绑到一块儿啦，哈。不要笑话我啊洪哥，我得继续赶路了。"

我摇摇晃晃要站起来，洪哥一把拉得我倒在了草地上。其他几个人还在围着红彤彤的篝火唱着跳着，洪哥搂着我的脖子大声说：

"兄弟，你哪儿都不要去了，你跟我们一起走吧。明天一早就到圣湖了，知道不。什么都不会耽误的，知道不。你的心上人我会帮你抢回来的，知道不。"

我和洪哥就都哈哈大笑起来。

醒来的时候是后半夜了，洪哥他们几个人在帐篷里打着很响的呼噜。我没有吵醒他们，走出帐篷，原来风早停了，雪也不下了。满天的星星像是被水洗过一般，清亮地照着脚下一条灰土土的路。倔马普拉被拴在帐篷旁啃着地上的草，我牵过普拉拍拍它的脖梗：

"马啊马啊，你倒说说看，咱们是不是该上路了，还是在这个帐篷里等着太阳出来？要是等帐篷里的洪哥睡醒了，我怕他们会为难你的主人。其实我不是怕他们为难你的主人，我是怕那样会让我的心上人不高兴哪。你倒是说说看，咱们是不是现在就走啊？"

倔马普拉仰起头，打了个很响的响鼻。我备好马，翻身骑了上去。

剩下的路真是漫长，好几次我在马背上睡着了，险些掉下来。普拉竟然格外体贴起我来，走得稳稳的，感觉我坐不稳时，它就停下来打个响鼻，我就醒了。我拍拍它汗津津的脖子，也有些不忍。"马啊马啊，这一路让你吃苦了。这条朝圣的路你肯定走过了无数遍，都走腻了吧。可是你不说烦，嘿，你不会说话。但是你有脾气，你虽然是马，你可不是没有生命的东西，你是倔脾气的普拉。你没再跟我发脾气，我得谢谢你啊。你的主人洛桑次仁说我不敬你们的神灵，不愿给我带路了。我的英美也说我狭隘世俗，不要我陪着了。他们都扔下我了，只有你驼着我，你倒是不嫌弃我，愿意驮着我，你摔了我一次，现在咱们俩之间算是扯平了，我不再记恨你了。我们俩现在是一伙的，咱们一起去朝圣，去看美丽的神山圣湖。"

普拉甩动着尾巴打着响鼻，温顺地任我抚摸着它的脖颈。

天色渐渐明亮起来，像一圈巨大的水波，先是从前方地平线处诞生的一个亮点，这明晃晃的水波从那里一圈一圈荡漾开，不断生长、扩大，原本合在一处黑漆漆的天和地渐渐分开了，湛蓝的天，深绿色的草地。当一轮温暖通红的太阳从水波中心一点点露出来时，正照着天地尽头一线蓝莹莹闪动微光的水。普拉忽然昂起头，脑袋冲着前方很响亮地嘶鸣着。我知道，那就是圣湖了。

首先听到的是水声，哗哗哗的，声音越来越响，渐渐汇聚起来，汇成一个声音，向着一个方向，声势浩大，一往直前地奔流过去了。那是无数条小溪欢快地叫着，笑着，象冈仁波齐和玛旁雍错的无数根头发舞动着，摩擦着，碰撞着，但又绝不旁逸斜出，而是整齐地簇拥着。那是一片巨大的湛蓝，蓝得像一块冰、一块水晶，那巨大的湛蓝色水域就是圣湖玛旁雍错。在这块巨大的蓝色水晶下，映衬着冈仁波齐那雪白巍峨的身影。冈仁波齐伸出长长的手臂，紧紧环绕着玛旁雍错圣湖，那是簇拥在冈仁波齐周围的无数座陡峭嶙峋的雪山，那雪山白光光的耀眼眩目，众星捧月般捧出玛旁雍错湖。羊群似白银泻地一般，在湖的周围无声地流淌着。三三两两的牧人悠闲舒展地躺在草地上，偶尔几声牧歌，顷刻间便被淹没在辽远寂静的天地间。

还在继续有更多的声音汇入，那是沿着湖畔转经人发出的诵经声。那声音简单厚重，似他们手中摇动的转经轮，虽古旧，但却转动不息，代代流传着。还有成群的人一步一伏身，磕着等身的长头，用身体亲吻着玛旁雍错湖边的每一寸土地。他们旁若无人，他们来自百里之外，一步一步，不管遇到风雪严寒，还是黑暗恐惧，他们绝不停止。他们的眼中和心中只有圣山圣湖，只有那湛蓝和洁白色。

清凉的风吹在脸上，我的眼睛忽然有点酸，那一刻，在看着眼前这一切，体味这份辛苦的时候，我忽然忘了自己这一夜吃尽了二十多年没有吃过的苦，从一个陌生的地方来到另一个陌生的地方，究竟是为了什么。我好像没有什么目的，只是一个迷路的人，被那匹倔脾气的普拉强行驮到了这里，它把我扔在这里，自己却在一旁悠闲地吃着草，和另一匹浑身雪白的马亲昵地摩挲着脖颈。我张开双臂，学着那些人的样子，把身体展展地铺开，平平地铺在这片草地上，让身体自然地接触着土地。坚硬的土地晃动着，水波一样涌起来，漫过我的身体，把我无比亲密地拥抱在她的怀里了。我就这么伏在地上一动不动，直到普拉用它喷着热气的鼻孔拱着我的脑袋。

太阳越升越高，草地和湖面上漂浮着一层虚虚的水汽，神山和圣湖越发如在仙境。

这时我就看到了一个熟悉的身影，瘦弱孤立地立在湖边，太阳升起在她的肩上，强烈的光晕给她的身上披上了一层金辉，她就像从水中缓缓走出的云卓拉姆，立在那里，静静地看着我。

普拉在我身边来回踱着步，普拉在催我哪。我牵着普拉向前走去，英美也向我走来。阳光照得我睁不开眼睛，我看不到英美脸上的表情，可是，她越走越近了。

远远地有人在唱一首藏语歌，是洛桑次仁的声音，唱得还是在去科加寺路上的那首歌：

"丢下情人舍不得，
带走情人又害羞，
情人是木碗该多好，
时时刻刻揣在怀里。"

在歌声快结束的时候，我终于看清了英美的脸，脸上有一串很亮很亮的泪珠。

所有的声音都汇聚起来了，神山圣湖完全醒了。普拉不停地用嘴拱着我，像是催促我把英美扶上马背，然后驼着我们，带着冈仁波齐和玛旁雍错给我们的祝福，撒着欢一路飞奔。

野鸭飞过的天空

一

卢树峰今天心情特别好，骑在他那辆老掉牙的大幸福上，哼着小曲一路欢歌向山里进发。这一带荒山绵延几十里，一个缓坡连着一个缓坡，虽然草木稀疏，寥若晨星，观光看景谈不上，然而有山则有灵性。草窠地穴中多有野兔，戈壁荒林中素产黄羊，再加上山坡上随处可见的笨拙的呱呱鸡，以及天上偶而飞过的几只野鸭，却是打猎的绝好去处。卢树峰摸摸摩托车后挎包中插的一支双筒立管猎枪，似乎闻到了一股猎枪火药的味道。他于是血液沸腾，全身精神振奋，一轰油门，摩托车在戈壁上辗得石子飞溅，在山凹间急速穿行。

卢树峰今年三十四岁，身体已经略微开始发胖。每看到自己突起的肚子，他就满怀沮丧，想起当兵时他曾拿过全团军事比武第一名，他总感觉有些无奈。人哪，到了什么山就得唱什么歌。退伍后分配到位于包兰线上偏僻一角的清水车站铁路派出所，一干就是十四年。这十四年中，除了遇到过两次较大的抢劫杀人案外，其他时间还算清闲，甚至连个打枪的机会都碰不着。老卢喜欢枪，一握住枪他就和这冰凉的铁家伙融为一体，仿佛自己只不过是它上面的一个零件。所以他迷上了打猎，猎物的多少他并不在意，他在体味那种充满硝烟火药味的令人兴奋的感觉。谈起打猎，卢树峰总是兴趣盎然，有时为了打一只野兔他能在戈壁滩追上一整天。当然，被他追上的猎物很少能从他的枪口下跑掉。这几年倒在他枪口下的野兔少说也有百八十只，他喜欢跟踪那些狡猾的猎物。他最得意的是曾经击毙过两只狐狸，这让他在清水车站附近的猎手们心中成了个了不起的人物。

岁月悠悠，卢树峰渐渐满足于自己如今的处境，他卢树峰一个光着脚上学的穷孩子能有今天，他原本该满足的。更何况由于在两次抢劫案中的突出表现，去年他还被提拔为副所长。虽然三十六岁的副所长多少让人觉得有些苍凉，但对卢树峰来说，总算是个安慰。闲来的同事们吹吹牛，也只有他吹别人听的份。老实说，凭他一枚一等功、一枚二等功的勋章，不但派出所无人可比，就是全公安处，能与他相比的人也寥寥无几。

卢树峰到了一处较高的山坡下，把摩托车找了个荫凉处放好，卸下大挎包，点上一支老"龙泉"，审视着面前这座山。这座山如巨人横卧，山的中峰耸起两个较高的突起，打猎的人戏称为"奶头山"。许是受了这自然界母性气血的滋养，山上最多猎物。卢树峰吸完烟，用枪挑着挎包上了山。他今天的主要目标是打野兔，秋天的野兔个个肥大，味极鲜美。

昨晚抓了几个长期内盗的车站职工，为抓这几个人，他带人守候了三个晚上。卢树峰心里很高兴，总觉得最近干什么事都很顺，莫不是自己要时来运转？今天他想打几只野兔，慰劳慰劳跟自己辛苦几天的民警。他知道，像他这种人要想当官站稳脚跟，只有处好这班弟兄，自己是要指望他们来抬轿的。卢树峰这一高兴，就忘了自己曾立誓不再打猎这回事了。两年前，他去兰州学习。游览五泉山时碰到一个算命先生，那人说他命里原有官位，而且不低，只因打猎杀生太众，阻了官运，劝他别再打猎。卢树峰原本并不在意，听了一笑了之。但回来一想，也觉自己论资历论战功绝不至于到今天还是民警一个，于是将信将疑，渐渐宿命起来。倒底前程的诱惑力大些，于是他封枪禁猎，立下了从些不再打猎的誓言，一年多真的未发一弹。也许是他放下屠刀的举动奏了功效，去年他果真提了副所长，几天前又破格晋升了警衔，老卢想，该庆贺庆贺了。守戒守了一年多，他的手也实在技痒难忍。再说，国家颁布了新的枪支管理办法，马上要收缴枪支了，这可能是最后一次打猎。一想到要把心爱的猎枪交出去，老卢心里顿时有些茫然。他看着静静的天空，眯起眼睛等候猎物。

　　正午的天空晌晴得没有一丝云彩，耀眼炫目的太阳晒得戈壁滩上的石子砂粒滚烫。卢树峰上好子弹，把枪筒笔直地树向天空。不多时，一只野兔出现在山坡上。卢树峰激动的攥紧了枪杆，随时准备击发。他不断告诫自己：稳住点，稳住。终于进入了卢树峰的射程之内。卢树峰采取跪姿，稳稳地托住枪，一只手扣紧扳机，开始慢慢地一点一点往后拉……

二

　　就在卢树峰聚精会神地瞄准他的猎物时，清水车站派出所正爆发着一场不大不小的争吵。

　　事情是这样的。

　　一大早交完班，所长许逸安就开始小心翼翼地刮胡子，一边嘴里哼着歌。内勤白杨进来送一件文件，见了许逸安的得意劲儿，就笑着说："所长，准备回家了吧。"所里都知道许逸安有个习惯，一刮胡子就要回家了。换句话说，如果不回家，他可能半个月不刮胡子，一任胡子蓬蓬然遮住半边脸。许逸安笑道："是呀是呀，我这张脸就等着回去给老婆看，这叫什么来着——大老爷们为悦己者容。"他放下刮胡刀满意地摩挲着刮得光溜溜的下巴。白杨细细端详所长，发现修饰一新的所长脸膛方方，浓眉大眼，竟很是英俊威武，平时倒没在意过，不觉有些呆了。许逸安感觉目光咄咄，抬头正好四目相对，白杨就不好意思地红了脸，看到许逸安用剃刀刮伤处殷殷渗出了血，忙说："这刀该换了吧，干吗不买个好点的，不会刮得满脸是伤。你们男人天生不爱修饰，其实你刮了胡子样子蛮好看的。"许逸安煞有介事地端起镜子照了照，说："是不错，听你的，胡子的问题以后注意，不过这刀可舍不得换。这是我当兵时班长送给我的，看到它就想起了我们班长。对了，我让你起草的江涛的困难补助报告写好了吧。"白杨说写好了，说着回屋拿了过来。许逸安看看揣到兜里说："江涛这家伙也够倒霉的，结婚3年，刚过了几天舒心日子媳妇就死了，扔下个孩子，他又当爹又当娘，真够受的。眼下他母亲又住院，真是雪上加霜。小白杨，你说这世道咋就这么不公平呢。车站的马老四前几年赌博打架，把他爹气成了偏瘫。严打时蹲了几年牢，这不，出来没几年，开了个歌厅，屁股后面整天跟着几个说女人不像女人的人，倒像模像样做起老板来了。这些人怎么不让他摊上点难心的事？说真的，我一见他那副耀武扬威的样子心里就来气。前几天在街上碰见他，冲我直喊：'许所长，有空来哥们的舞厅坐坐。我知道干你们这行的工资低，收入少。没关系，兄弟我请客，我这些小姐你随便挑。'我说：'马老四，有空我也欢迎你来我这儿坐坐，我这儿没有小姐，不过什么时候你再落了难，没人收留你我收留你。'一句话把他气得脸都绿了。"许逸安说完回想起当时的情景不禁哈哈大笑。

看着平日凶巴巴的所长竟然像一个孩子一样，正为自己的一个恶作剧而兴奋不已，白杨不禁也受了感染，便道："你快回家吧，别的事你就别操心了。一年在家待不到一个月，这日子亏了大嫂能过下去。这次回去最好多住几天。江涛的孩子我接到了家，反正我妈在家也没事。"

许逸安道："还是你们女孩子心细。"就低头看文件。

许逸安家在省城，二十一岁部队转业到铁路公安处，原本是刑侦队的一名侦察员。1990 年在办一起贩毒案时，疑犯自以为是 XX 领导的儿子，不但不让例行检查，还出言不逊。许逸安拔枪抵住他让退开。那家伙不但不退，反而肆意辱骂，让许逸安'有种就给老子来一枪'。许逸安脑子一热，顺手朝天给了一枪。事后毒品果然查到了，但许逸安这一枪却把全队的立功机会给打飞了。处领导三番两次找他谈话，让他认识错误。许逸安原本就因为立功的事觉得对不起战友，再加上心烦，就主动要求调动百里外的清水车站公安所。那年他刚结婚，爱人肖茹芸是铁路医院的大夫。一晃眼待了十来年了，儿子都八岁了。其实他不是不想回去，刚来那会儿心里憋着一口气，总想干出点名堂再风风光光地回去。等干出成绩，又脱不了身了。前任所长罗朗清极力把他往所领导的岗位上提，等许逸安当上所长，罗朗清也就乘机卸任回省城了。哎，这老头也不易，在清水站苦熬了十来年，现在轮到自己了。话又说回来，铁路沿线这么多派出所，有多少人不都像自己这样过着牛郎织女的生活吗？这么一想，许逸安也就释然了。倒是肖茹芸无法忍受这种长期分离的日子。这几年为了带孩子，耽误了不少外出学习的机会。和她同一期毕业的同学有的已成了主治医师、科室主任，而在校期间有着骄人成绩的她，到如今还什么都不是。想一想这一切全是许逸安造成的，肖茹芸就有些伤心。逼他往回调，他总以工作需要来搪塞。逼急了他干脆躲在清水车站不回来。有一回肖茹芸带着儿子豆豆追到清水市，准备把孩子扔给他"将"他一军。可一到派出所，看到他们一天到晚忙个不停，又是下沿线，又是处理事故、搞案子，她这心里又不忍难为老许了。再加上所里民警一口一个嫂子，喊得她心也软了，气也消了。临走时，到底没把孩子扔下。现在孩子大了，肖茹芸也渐渐习惯了这种生活。不过，有时她守着熟睡的儿子，面对一盏孤灯，也会这么想：作为女人，最美丽的年华就这样过去了，是不是有点太亏？

许逸安看完文件作了批示，叮嘱白杨等卢树峰回来让他在所里盯几天，自己到处里还有事要办。说完就换了身干净衣服准备进站上车。就在这时，桌子上的电话响了。许逸安笑道："可别又是什么脱不开身的事。"白杨道："我替你接，没什么大事就说你不在。"抓起电话问："谁呀？哟，是汪站长。找所长？我们所长……"许逸安忙接过电话。电话是车站站长汪东升打来的。

"老许呀，有事吗？中午到我这儿来吃顿饭如何？就你我两人。"

"汪站长，今天怎么这么好心情？"

汪东升电话那头叹口气："好心情？车站这一百多号人，我整天擦屁股还来不及呢，能有啥好心情。这年头官也难当，个个向你伸手要吃要喝，我这个庙不大，但人家都以为我是个富方丈。再加上手底下的人不争气，尽给我捅娄子，真是觉都睡不踏实。"

许逸安听出了汪东升的话外之音，就接过话题说："汪站长，你就别在我面前叫苦了，有什么事直说吧。平时车站上下没少照顾我们，你我之间还在乎这顿饭吗？"

汪东升就乐了："老许你这人真是快人快语。不过事要办，饭也要吃。咱们两不误，饭桌上谈吧。"

许逸安道:"我也只有半小时的时间,正准备回家,咱们电话里谈也一样。"

汪东升狡黠地笑笑说:"那我就不勉强了,这顿饭等你回来补上。老许,听说你抓了我的一个人,怎么样,问题严重不?我是腆着脸说情来了。问题要是不严重你看能不能通融一下?当然,我这么庇护是不对的,不过老许,我也有我的苦衷啊。我这大半年都熬过来了,怕就怕出这档子事,真是怕什么来什么,一年的成绩全让这小子给毁了。能不能高抬贵手从轻发落?你放心,这小子回来我饶不了他,非狠狠罚他一笔,让他好好吸取这次教训。我知道,所里的弟兄们搞案子风里雨里很辛苦,不过话又说回来,你们保卫铁路运输物资,我们也是为了铁路运输生产,我们的目标还是一致的吗。再说党的政策也是要以教育为主,要给犯错误的人一点改过的机会吗。"

许逸安知道汪东升早晚会出面干预这件事,但没想到这么快。目前案子还没有彻底查清,放人恐怕不是时候。根据他掌握的材料,车站职工王宁勾结一批路外人员多次盗窃运输物资,但苦于证据不足。这次他精心布置,副所长卢树峰带人苦苦守候了三个晚上,眼珠子都熬红了,终于把这伙家伙抓了个人赃俱获。虽然这次盗窃的物品价值不大,但卢树峰等人正以此为突破口,打算把王宁一伙的犯罪事实彻底查清。对汪东升的求情,许逸安是有准备的。老实说,这几年,车站对派出所没少照顾。别的不说,所里的吉普车跑不上半年就没油了,剩下的半年全靠车站救济。否则,那破吉普早就"趴窝"了。无论什么时候,只要许逸安开口,汪东升就没有让他空过手。前两年许逸安说要设法增加通讯设备,汪东升大笔一挥,给所里每人配了一部BP机,还买了十部对讲机。更不用说逢年过节车站职工发什么,总少不了所里民警的。在这个处处向钱看的时代,派出所这样的清水衙门没有车站这样的单位帮助是困难的。许逸安还记得前几年所里的那些办公桌，桌子腿断了用铁丝绑上，桌面裂开了大口子，钢笔从缝里往下掉，民警戏称为"棺材板"。冬天煤不够烧，大伙挤在一个屋里办公，只点一个炉子节省用煤。有一回一个民警晚上值班，差点被煤烟薰死。想想那时候的办公条件，许逸安心里就不舒服。这几年，在车站的赞助下，陆续更换的办公桌，还通上了暖气。汪东升这样做当然不是乐善好施的活菩萨，他这样做，无非是让派出所关键时刻能够"不看僧面看佛面"。对王宁等人，许逸安想,路外人员好处理，关键是在王宁在问题上怎么办。他的原意是对这种人不打击不行，打得太重容易伤了两家和气。最好是先给予治安处罚，抓住"辫子"，以观后效。许逸安把自己的想法和盘托出。汪东升听了犹豫了一会，说："老许，你就帮人帮底吧。老实说，我这几年干算有点成绩，听说有希望升一升。如果在这个节骨眼上出这么档子事，恐怕会对我有影响。当然，我知道你能做出这么大的让步已经很难，总得让你也有个交代。你要是觉得难办，刚才这话就当我没说。"

许逸安为难了，想了想，既然这样，不如等汪东升真走了以后再收拾王宁，这次索性给汪东升把面子给足。想到这儿，说："你等我的电话吧。"

扔下电话，许逸安把主办这起案子的聂勇、丁健等人叫来，问讯问工作进展得怎样。聂勇说："其他几人的工作进展顺利，就王宁那小子嘴硬，开始死不承认，现在也有些顶不住了，脑袋上直冒汗，估计再熬一会就能把他攻下来。"

许逸安颇感为难，案子进展到这个份上，可以说成功的一半，这个节骨眼上自己给他们泼凉水，怕挫伤了他们的积极性。他踌躇了一会，说："如果实在撬不开王宁的口，我看就先算了。先把其他几人的材料整好，报给处刑侦队。王宁吗，我看先让他写份保证书，放回去。"

"什么？"聂勇急得跳了起来，"所长，这一放可就前功尽弃了。"

许逸安有些不悦，道："叫你放你就放，吼什么。"

丁健等人面面相觑，担心两人吵起来，但又不知该劝哪一方，一时如坐针砧。

聂勇果然吼了起来："抓也由你，放也由你，你把我们这些人当什么了？是，你是所长，我们不过是个小小民警，可你也不能这样不把我们当回事吧。弟兄们辛辛苦苦守了几天几夜，你一句话，放了。这活我没法干了。"他怒气冲冲地起身摔门而去。

许逸安本想把事情的原委向大家解释一下，可聂勇这么一闹，他反而没法说了。气急之下，一时间心里隐隐作痛。他振作精神，让丁健暂时处理这个案子，等卢树峰回来告诉他就照刚才说的办。说完，抓起了桌上的电话。

三

卢树峰正准备开枪的时候，腰间的 BP 机响了，野鸭听到响声，呼啦一声全飞在半空。卢树峰叫了声"糟糕"，忙直起身对着空中的群鸭放了一枪。硝烟散尽，空中一片寂静。卢树峰心头一阵茫然：没打中？这可是卢树峰打猎以来从未有过的事。他怔怔地站立着望着空旷的天空和戈壁，心底掠过一丝不安和悲哀，仿佛一个长跑运动员失掉了双脚，望着自己空空的裤管时的感觉。他沮丧地摘下 BP 机，是所里的电话。他逐渐冷静下来，想到昨晚抓的那些人，想到所长今天要回家，备不住是所里出了什么事。忙挂好枪，拍拍枪杆，自言自语道：老伙计，你今天可给我丢脸了。他挎上摩托车，向所里飞驰。

卢树峰回到所里，迎面正碰上聂勇气冲冲往外走，丁健在一旁拉胳膊拽袖子地劝解。卢树峰忙问出了什么事，聂勇没好气地说："你问他吧。"说完头也不回地出了院子。丁健忙把聂勇和所长吵架的事说了，又传达了所长的决定，完了问："你看怎么办？我有点儿犯晕了。"卢树峰边往里走边想：真够晦气的，刚刚跑了一群鸭子，现在连这只狐狸也跑了。老许你可真行，把这个热番薯扔给我了。但他毕竟在所里时间长了，旋即明白这里边肯定有人说情了，而且也猜出十有八九是汪东升。他知道许逸安在这件事上绝不会给自己捞什么好处，在这一点上他还是了解许逸安的。其实他也想到会有人说情，换了他到许逸安的位置上，也想不出比现在更好的折中办法。他把这件事从头到尾缕了缕，确认没有自己的任何责任，这才让丁健抓紧收尾工作。

聂勇出的派出所，不知不觉走到卫生所门前，略一迟疑就走了进去。挂完号，推门进了医务室，值班大夫小李见是聂勇，笑着向坐在对面的丁心一说："丁大夫，你的病人。"丁心一正低头看书，笑道："什么你的我的，你要有空就给他看吧。"谁知小李跳起惊呼："哎呀不得了，我眼睛里进了粒砂子，医生，快帮我看看。"说着一溜烟冲出门，走廊里一阵叽叽喳喳的笑声。

丁心一这才抬头看着聂勇，看得聂勇心里直发虚。聂勇每次面对这个女医生时，总感觉有些不自在。丁健说他这是心怀鬼胎的表现。丁心一是丁健的妹妹，聂勇和丁健从小一起长大，又一同上警校，那时丁心一还是个小姑娘。没想到转眼间已变成个大姑娘，而且似乎要与聂勇之间发生点什么故事。

丁心一指指凳子说："坐吧。"

聂勇如获重释地坐下。天很热，窗外是单调的蝉鸣，窗台上几盆对对红也无力地耷拉着脑袋。

丁心一看出聂勇心里有事，起身端了杯水给他，问："又遇上什么不顺心的事了吧，瞧脸色黑的，像要打雷下雨似的。"

聂勇苦笑道："没什么，都是工作上的事，我能应付得了。"

丁心一笑道："我还以为没有什么事是你应付不了的呢。"

聂勇嗫嚅了半天没说出话，憋出一头汗。

丁心一平静地说："那时候你和我哥一心一意报考警校，发誓这辈子非警察不干，就是再苦再危险也不在乎。可现在呢，才干了几年，我哥早已没的当初那股子热情，整天想的只是怎么攒够了钱好把我那没过门的嫂子娶过来。你呢，有点不顺心的事就受不了。我看，警察这一行不是每个人都能干的。"

聂勇受这一激，顿时热血沸腾，起身正待辩解，丁心一止住他接着说："好了好了，我随便说说，你急什么。以后遇着什么事都要用心想想，别动不动就跳。"

聂勇摸摸后脑勺，咧嘴笑了。从丁心一的话里，他听出了对自己的关心，这种关心带着种甜丝丝的感觉流进聂勇心里，霎时仿佛吹过了一场三月的风，一扫他内心的烦躁和郁闷。

聂勇坐下，丁心一忽然想起了什么，说："对了，这几天有几个来看病的职工很奇怪，问我们能不能开出安脱菲、三唑仑等药。我们说这里没有，他们不高兴，骂了几句才走。"

聂勇警惕起，问："你怀疑他们吸毒？"

丁心一说："这两种药有很强的麻醉作用，确实可以作为毒品的替代品。"

"那几个人你认识吗？"

"有一个是机务段的，有人好像叫他闫军。"

聂勇在本子上记了记，叮嘱丁心一以后他们再来闹事赶紧给所里打电话。出门时丁心一对他说："你也多加小心。"

出了门，聂勇觉得刚刚失掉的信心和勇气又找回来了，他精神抖擞，像一部上满发条的机器，随时准备再一次投入战斗。

四

许逸安回到省城，没顾上回家，先到处里把江涛的困难补助报告交了。主管这项工作的正是前任所长罗朗清，见了许逸安自是很热情。问起所里的近况，许逸安一概以一个"好"字了之。许逸安发觉罗朗清胖了，也白了，红光满面，显然处境不错。他叮嘱罗朗清给江涛多争取些补助，都是共事过多年的同事，能拉就拉一把。罗朗清喏喏应允。寒暄几句，许逸安说处长找他有事，罗朗清就神秘地说准是好事，许逸安想：但愿吧，就告辞出来。来到处长室门前，他正了正衣帽，然后推门进去。

处长正在办公桌前批文件，见是他，示意他稍坐，然后继续低头把文件阅完，这才起身问候："刚到？还没回家吧。好吧，先喝杯水。我说不占用你太多时间了，直接谈工作吧。"

许逸安喝了口水，说："处长您说吧，我不急着回家。"

处长笑了："家还是要顾的吗，我们公安工作的职责就是为了保家卫国，如果只顾打击违法犯罪，而不懂得照顾自己的妻子和孩子，那还不能算是个好警察。"

许逸安苦笑道："这是个难以两全的问题。"

处长口气忽然沉重起来："的确，像你们这样的同志，在沿线一干就是十几年甚至几十年，做出的牺牲是常人难以想象的。我今天找你来正要跟你谈这件事。处里已经决定调你到刑侦队来，你也是老刑警了吗。你休息几天回去后，就着手把手头的工作交一交，暂时先让卢树峰接着，命令随后就到。"

许逸安一愣，这件事来得太突然，他事先一点思想准备都没有。他不知道该怎么回答，一时沉默了。

处长笑了："怎么？不愿意回来？我可是听说肖医生都快成孟姜女了。有什么想法说说吧。"

"没有。我服从处党委的决定。只是这次调动太突然，思想上一时转不过弯。在清水时也想：要是能回到家门口多好，每天下了班回到家，能有口热饭。闷了跟媳妇说说话，照看照看孩子。这些年，儿子跟我都有些生疏了。可是，在一个地方待惯了，真要走，还真有点舍不得。再说，在清水这十几年，虽然出了一些力，总感觉有些事还没做好，还有不尽如人意的地方。我是想，是不是等我把这些事都办好，再心安理得地离开那儿。"

处长道："你在清水的工作成绩处党委是充分肯定了的。当然，目前限于财力物力等条件的不足，我们基层所队有的日子不太好过。所以你们这些所领导有时既是战斗员，又要当好管家婆，既要抓好业务，又要周旋于各种场面之间，这是件很尴尬的事情，有时难免会有不尽如人意的地方，这些都是可以理解的。还是不要责备自己了。我们的公安工作的确还有许多地方需要完善，这可不是以一人一时之力所能达到的。好了，今天就谈到这儿。调动的事先不要跟大伙讲，不过可以给小肖透个风。不管怎么说，回来总是好事。"

从处长那儿出来，许逸安一路都在想：人这一辈子就像坐火车，被一种巨大的力量载着向前，只知道出发和到达的确切地点，至于脚下走过的将是一条什么样的路，什么时候转弯，什么时候停下来，什么时候将遇上岔道，却一点也不清楚。这些年每天都在想着下了班能回到家里吃上一口妻子煮的热饭，能多陪陪儿子，现在这个愿望就要实现了，他却没有显出应有的喜悦之情。处长的一席话让他的心情多少有些沉重，在派出所的这十几年里，他比谁都更清楚面临尴尬处境的滋味。那种感觉，如鲠在喉。有些事是他不愿去做，但权衡利弊却又不得不做的，至于对不对，他想，这世间是没有一个绝对的标准的。做人，只要问心无愧足矣。他看看周围的街道，一切都是那么新鲜、陌生，这儿曾是他生长的地方，然而自己已经与它阔别十多年了。还是处长说的对，"回来总是好事。"他于是不去想别的事，大踏步向家里走去。

五

聂勇回到所里，把从丁心一那儿了解到的情况向副所长卢树峰做了汇报。卢树峰认真听完，谈了谈自己的看法。他认为，闫军这个人在单位的表现一直还是不错的，过去也没发现有别的问题，但单位反映他交际范围很杂。如果说他吸毒的事确实的话，第一，要查清他吸食毒品的来源；第二，要防止他利用职务之便搞盗窃活动。他是机车司机，经常跑大线，十天半月才回来一次，控制起来很难。要取得机务段保卫股的支持，及时掌握闫军的出乘时间，便于监控。聂勇见卢树峰分析得头头是道，禁不住打心眼里佩服，心想：这才是真正的公安呢。

卢树峰最后又谈起聂勇和许逸安争吵的事，让聂勇不要在这件事上猜疑许逸安，他可能有他的难处。聂勇也就不吱声了。

望着聂勇远去的背影，卢树峰若有所思。他仿佛看到了年轻时的自己。那时候，他也是这样一身正气、无畏无惧。在 1990 年的枪案中，就是他冒着生命危险一脚踹开候车室的大门，把困在里面负隅顽抗的持枪歹徒当场击毙。而今，他再也找不到当初那种豪气了。他变得谨小慎微，有时甚至表现得有些怯懦。在所里值夜班时，一把枪他时刻上好膛，压在枕下。每次听到敲门声，他马上握枪在手，精神高度紧张，如临大敌，审讯般地进行一番盘问，直至确认身份方才开门。有一次，许逸安查夜回来敲门，卢树峰警觉地翻身坐起，摸出枪问："谁？"

许逸安道："是我。"

"你是谁？"

许逸安不耐烦了，猛擂两下门道："你开门就知道了。"

卢树峰警惕性丝毫不减，继续发问："你到底是谁？快说名字，不然我就不客气了。"

许逸安又好气又好笑，只好说："我是许逸安。你再不客气，也得让我进屋吧。"

这件事后来被所里的民警传为笑谈。

有人说这是老公安的经验，时刻保持高度警惕。可卢树峰自己知道，他其实是有点怕了，怕再遇上那枪口对枪口的场面。生死悬于一线哪。当了副所长以后，连脾气也改了不少，唯恐言语不慎得罪了人，对自己今后的前程有所不利。他老卢走到今天这一步不易，就像是打猎，他必须小心翼翼才有收获。稍有不慎，就可能前功尽弃。想到打猎，他不禁想起今天居然一只猎物也没打到，心中不禁有些怅然。

正想着，白杨、丁健等兴冲冲挤了进来，白杨怀里还抱着个孩子。一进门就喊："副所长，你看这孩子可爱不，还是个男孩呢。"卢树峰看那孩子，只有五六个月样子，长得确实可爱，胖乎乎的一张小脸，胳膊腿白的像藕节，正有滋有味的吮吸着手指。

卢树峰指着孩子问："这哪儿来的？"

白杨道："是弃婴，扔在值勤室门口了。开始谁也没注意，后来火车开了，小家伙一哭，大伙才发现。这父母真够狠心的，这么可爱的孩子也舍得扔。"

丁健插上一句道："这还不明白，肯定是私生子，不然怎么连儿子也舍得扔。"

卢树峰自言自语道："该不是有什么毛病吧。看着倒不像，活蹦乱跳的。"

白杨道："怎么样，要不要？你家一个女儿，再领养个儿子，多好的事。你要是怕有病，让丁健的妹妹给孩子做个全身检查，你就放心了。"

卢树峰道："去去去，哪儿凉快哪靠着去。哎，我还没问你们呢，你们把这孩子抱来算怎么回事？我们这是派出所，又不是托儿所，谁整天侍候他？我看，你们还是把他交给民政部门吧。别多管闲事。"

白杨不满地说："这怎么是闲事，孩子的父母就是再不对，可他们毕竟是信任咱警察才把孩子放在值勤室门口。再说，这小家伙多可爱，我看，还是先养几天。你要不想要，那我可要抱回家玩几天了。"说着乐颠颠跑了出去，不一会，买来了奶粉、奶瓶、尿布，叮叮当当忙了起来。丁健、聂勇等人也过来帮忙，大伙都觉得挺新鲜。孩子蹬着小腿，样子着实逗人。众人正在纷乱的时候，小家伙突然扯开嗓门哭了。白杨抱着他怎么哄也不管用，聂勇说可能是饿了，于是几个人手忙脚乱地冲奶粉喂他。但小家伙似乎不领情，依然哭个不停。丁健说白杨抱的姿势不对，接过孩子边摇边拍。白杨又嫌他笨手笨脚，拍孩子像拍砖头，又一把夺过孩子。卢树峰在门口看着他们毫无经验地乱作一团，忍不住插嘴道："是尿了，换块尿布吧。"众人这才醒悟，打开被子一看，果然尿了。好在白杨早有准备，换了尿布，小家伙这才安静下来。

白杨抱着孩子问："卢所长，你看咱得给孩子起个名吧，叫什么好呢？"卢树峰道："我看叫铁蛋什么的就挺好。"白杨道："你就不能发挥想象力取个有点诗意的名字，难听死了。"丁健接口道："白杨，孩子是你捡回来的，就叫杨子吧。"白杨拍手称好。

卢树峰一摆手道："叫什么我不管，但你们得尽快把孩子送到民政部门去，要是把小家伙玩坏了，我可拿你们是问。"

许逸安是三天以后回到所里的。卢树峰跟他谈起王宁一案的处里结果，许逸安嗯了一声。卢树峰又提起聂勇反映的情况，并讲了自己对这件事的看法，许逸安觉得老卢分析得很有道理。他又补充说近期沿线治安情况不太好，要注意闫军这条大鱼。最后，卢树峰谈到白杨抱回孩子的事，许逸安也觉放在所里不妥，一时放心不下，就和卢树峰一前一后来到白杨那屋。进门一看，丁心一正在给孩子做检查，一旁站的聂勇、白杨等人神情关切地注视着。见了许逸安，聂勇表情有些不自然，白杨等人都迎上来问候。

许逸安等丁心一做完检查，问："孩子怎么样？"

丁心一道："孩子没事，就是这些爸爸妈妈们一个都不合格，给孩子喂得太勤，撑着了。没关系，饿几顿就好了，我再给他开点药。"

几句话说得白杨等人不好意思起来。

许逸安这才放下心来。随后道："我看还是送交民政部门吧，你们几个毛手毛脚的，孩子万一有个闪失，那大伙可都担待不起。"

白杨等人虽有点舍不得，但知道所长说的都是实情，就不再坚持了。

正说话间，一个民警进来告诉许逸安，说马老四来找他。许逸安一愣，心想自己与他素无来往，不知他来有什么事。一进接待室，马老四就迎上来忙着递烟。许逸安见他一改往日趾高气扬的样子，知道他有事相求，就问："你是有事吧？"

马老四满脸堆笑地说道："许所长，听说你们捡了个孩子，还是男孩。你知道我老婆肚子不争气，给我生了个丫头。没儿子，挣钱再多有什么用。许所长，那孩子我想收养。我马老四保证让他穿金戴银，一辈子吃喝不尽。"

许逸安眯着眼睛听他把话讲完。心想，这没爹没娘的孩子要是跟了他，生活上是有保证了，但马老四这种人会把孩子教成什么样呢？一时间也拿不定主意，便告诉他孩子就要交给民政部门了，让他跟民政部门去谈。

马老四颇为不满道："许所长，我知道你瞧不起我，可我有钱，这孩子给了我绝对不会让他吃苦，你干吗让我来回跑冤枉路呢。再说，你也知道我这情况，到了民政局，就我这历史，人家也未必让我领养。这样吧，这几天弟兄们照顾孩子多有破费，这是一千块钱，你就代弟兄们收下，算我的一点心意，这样总可以了吧。"

许逸安被马老四这副财大气粗的样子气得有些火，正待发作，丁健推门进来道："所长，这下可热闹了，孩子的亲生母亲找来了。"

许逸安等人忙赶过来。屋里，一名年轻女子正抱着孩子泪流满面，白杨在一旁气冲冲地指责她。许逸安上前询问才知，这女子是来此地打工的，被男友抛弃，处境十分可怜，无奈才抛弃亲生儿子。但毕竟母子连心，所以没几天又找回来了。她泣不成声地向大伙保证，就是再苦再累，也要把孩子养大。众人听了这个故事心里都不好受，纷纷解囊相助。许逸安对身后的马老四说："你瞧，世上的事就是这么不公平。有的人坏事做绝却能尽享荣华富贵，而有的人一出生就要受苦受穷。"马老四嘴角的肌肉抽动了几下，扔下 100 元钱，转身悻悻离去。最后，那女子抱着孩子对大家深深鞠了一躬，走了。往日热闹的屋子忽然静了下来，大伙心情都有些沉重，为那不幸的女人和可怜的杨子担忧。白杨看着空空的一张小床，想起朝久夕相处了几日的杨子，忽然哭了起来。

六

聂勇这几日忙着查闫军等人的事，一直顾不上去看丁心一。他心里憋着一口气，决心定要把这件事查个水落石出，让丁心一看看，他不是那种面对挫折轻易气馁的人。他已经摸清了一些情况：闫军确在吸毒，毒品是清水市一名毒犯提供的。这名毒犯一个多月前被清水市公安局抓获，闫军没了毒源，才去卫生所应急找药。他为了买毒品，经常利用职务之便盗窃铁路运输物资。他勾结清水市几名闲杂人员，利用列车夜间通过线路上一段坡道，故意放慢车速让其同伙大肆偷盗。

聂勇的心情异常兴奋，每当一件案子被他像抽丝一般理出头绪时，他都会兴奋得睡不着，真想马上行动把犯罪分子抓获。他把摸到的情况向卢树峰作了汇报，卢树峰觉得案情重大，让聂勇跟许逸安详细谈谈。聂勇说还是你去说吧，自从上次那件事后，聂勇对许逸安始终抱着不信任的态度。卢树峰知道他还在计较上次的事，也就不再勉强。

许逸安听完卢树峰讲的情况，心情也十分激动。他想，就要离开这里了，再漂漂亮亮地破一起案子，也算给自己这十多年来的工作画上了一个圆满的句号，自己可以很体面地离开这里了，这对许逸安来说是个莫大的安慰。他详细询问了每个细节，对聂勇的工作能力也颇为赞赏。小伙子是个可塑之材，就是韧性差了点，慢慢磨炼吧。

他和卢树峰精心布置了这次守候。

九月的天，夜里还有点凉，天上的寒星点点，一弯上弦月朦朦胧胧，把空旷的戈壁照得若明若暗。正前方百米处就是两条静卧的铁轨，视野极好。

卢树峰看看时间还早，点上一支龙泉，又给身边的许逸安递过一支。许逸安摆摆手，竭力忍受着体内的一阵阵痉挛。

卢树峰注意到他脸色发白，便道："不让你来你就是不听，瞧，胃病又犯了吧。"

许逸安费力地挤出一丝笑，说道："挺一挺就过去了，没事。"

这次许逸安执意要来，卢树峰开始有点想不通，觉得没必要，也怕他和自己抢功。干警察出生入死，图的不就是那份荣誉和荣誉所带来的自豪吗？可现在看着他痛苦的表情，卢树峰忽然痛惜起来。老许这人，有时也真像玩命似的。

许逸安翻了个身，仰面看着满天星斗，轻声说："老卢，咱们合伙待了几年了？"

"算起来整十年了。"卢树峰道。

"时间过得真快，刚来那会，咱俩还为了件小事打过架呢。"

"提那事干吗，那时候年轻，火气都盛。"

卢树峰很奇怪许逸安今天言语之间怎么显得有些异常，他平时不是这种爱跟人聊家常的人。

许逸安接着说："想起来是好笑，人这一辈子有时回头看看觉得挺纳闷，弄不清以前的那个人到底是不是自己。"

卢树峰笑道："你怎么这会儿文绉绉的，我看现在的你倒不像你自己了。"

两人都笑了。卢树峰敏感地问："老许，这次到处里，是不是听到什么消息了？"

许逸安道："处里决定调我回去，以后所里这副担子就由你来挑了。别看派出所不大，可这担子不轻啊。"

卢树峰心里动了一下，但片刻又恢复了平静。

许逸安继续说道："这些年我在这儿干了一些事，有的呢干对了，可有的对不对连我自己也说不清。总觉得要走了，心里反而不踏实。处长对我说，我们这些基层所领导，既要当好战斗员，又要当好管家婆，这话意味深长呀。希望这个所在你的手里情况会有所转变。"

卢树峰觉得许逸安这几句话说得异常真诚，平时凶巴巴的他，今晚却像兄长一样和蔼可亲。他拍拍许逸安的肩膀说："老许，这么多年，你干得怎样，大伙心里有数。"

正说着，聂勇猫腰跑过来说："所长，列车到了。"

许逸安果断下达命令，让卢树峰带领丁健等人在车下堵截，自己带着聂勇等人上车。

列车开近了，车上，几个黑影正肆无忌惮地往下掀东西。许逸安一挥手，带着聂勇冲了出去。几条黑影发现动静乱作一团，纷纷往下跳。跳下车的被卢树峰带人在戈壁上展开追逐。还有几人见阵势不对，想跳又不敢跳，站在车上观望。许逸安一翻身抓住梯子爬了上去，聂勇跟着上了后面一节。坐在机车里的闫军发现了动静，忽然提高了车速，列车逐渐飞驶起来。车上几名窃贼见无路可逃，纷纷与许逸安、聂勇厮打在一起。等聂勇制服一名歹徒，再往许逸安那边看时，只见许逸安与一个黑影扭作一团。接着两人一翻，都消失在茫茫夜色中了……

七

　　参加完许逸安的葬礼，卢树峰在规定上交猎枪的最后一天，又骑着摩托车去"奶头山"。一场大雨后，山上草木葱绿，枝繁叶茂。野兔自由自在地在山上散步，呱呱鸡时飞时落，悠然自得。一群黄羊悠闲地吃着草。他抬头看着天空，几只野鸭正缓缓在头顶滑过，煦暖的阳光柔和地洒在这片生机勃勃的土地上，一派平静安宁景象。卢树峰眯起眼睛，自言自语道："嘿，这没有枪声的猎场才真的美哩。"

一路风尘

一

我抱着一把木吉他反复弹唱着那首歌，任由阿木他们几个人进进出出，把屋子里的乐器一件件搬空，剩下一些没用的物品，阿木就一脚把它们踢开。

我唱的是我们乐队的那首成名曲——《一路风尘》：

风雪遮不住的行迹

微雨洗不掉的风尘

路途遥遥漂泊一生

徒然年华染成鬓边霜

鞭挥不去的是你昔日的笑容

繁华遮不住的容颜

……

这首歌我唱过无数遍，每次唱到这里总会响起潮水一般的掌声。现在，虽然没有一个观众，但我唱得声嘶力竭，我感觉这是我唱得最动情的一次。

"你烦不烦，能不能别唱那歌了。"阿木终于暴跳如雷地蹦到我面前，嘴角的肌肉抽动着。

我继续唱着，头也没抬：

疲惫时才想起自己的家
孤独时痛饮也不管别人的冷落

阿木抬脚把旁边的一把椅子踢得在空中转了几个圈，才重重地落在地上。接着房门咣的一声关上了。

繁花遮不住你昔日的笑
曾经梦里熟悉你的笑
岁月抹不掉你昔日的笑
曾经梦里熟悉的你的寂寞的笑
……

我在琴弦上猛地一扫，吉他在空荡荡的屋子里发出久久不散的回音。曲终人散，想不到我们的兄弟乐队会以这样的形式结束，而这一切都是由于我。

在这个不到五十平方米的小屋里，三年来，我和阿木、小峰、同同几乎天天泡在一起，一起写歌，一起练歌，一起出去跑场子。挣到钱，我们一起庆贺，一起喝得酩酊大醉。我们从一个不知名的小乐队，跌跌撞撞走到今天，在北京这个乐队扎堆的地方唱出了一点名气，而我，就在大家看到了希望的时候，我退出了，我把他们刚刚看到的希望一脚给踢到了黑暗里。我唱累了，也唱腻了。我对阿木他们说："我不想唱了。"阿木双手抓住我的肩膀用力地晃动着，脸几乎贴到我的脸上逼视着我问："不唱歌你干吗？不唱歌你能干吗？咱们兄弟一起闯了三年多了，才有今天这点名气，你要毁了我们这些年的努力啊，我说哥们，你哪根筋搭错了吧。"我知道，作为乐队的主唱，我的退出将会毁了我们这个在京城圈里刚刚闯出一点名气的乐队，但我不想骗他们，骗自己。我不想唱了。三年里，我一直试图用歌来寻找到一种自我表达的方式，可是我感觉到人们似乎更喜欢那些反复咀嚼哀伤的歌，那些吟唱城市生活中快烂得发霉的聚散离合的歌。有了点名气后，每次演出，曲目都是早已规定好的，你想唱什么都得由人家说了算，唱歌已经让我越来越找不到自己了。我不喜欢这种状态，我决定退出了。

知道我没有跟他们开玩笑，他们一下子都不说话了。

阿木始终觉得我在关键时刻拆了大伙的台，一直到离开，他都不肯原谅我。

二

我离开的时候没有再去和兄弟乐队的哥们告别，我想他们可能还在记恨我。

我让出租出司机开车绕着什刹海、三里屯、三里河、朝阳公园转了一圈，这里曾是我们兄弟乐队练摊起家的地方，粟正、乡谣、麦哈尼，这些熟悉的酒吧在白天门庭冷落，完全想象不到夜晚时霓虹灯闪烁、歌鼓声震耳欲聋的气势。现在，没有了兄弟乐队的酒吧还会引来人们的疯狂和跌宕不息的口哨声、尖叫声吗？会的，还会有的。在北京，消失一个像我们这样刚刚起步的乐队，就像少了一两个游客，北京的游客太多了，北京的乐队也太多了。旧的刚退场，新的乐队就补上去，观众还是一样会尖叫，会疯狂，至于台上是谁在唱，他们不会太关心。北京太喧嚣了，听不到真正的音乐。真正的音乐，那是在山坡上缓缓飘起来的，漫山遍野里只有那一种声音，干干净净，不掺杂一点杂音，用最简单的乐器，最质朴的嗓音，反复吟唱着人间最纯美的情感。在黄昏，在清晨，这声音从一个黄泥抹墙的农家小屋里传出来，在另一个院子里由另一个嗓音接上，一段一段，想到哪里随口唱到哪里，毫无拘束，那才是歌唱的本意，那才是情感的最直接的表达。

东山里的日头西山里落

哎呀西山里落

心里头有话者对谁说

哎呀对谁说

心里头有话对谁说

哎呀难过死我了

这就是我家乡，宁夏的花儿。在那里生活的十几年里，几乎每天耳边都灌满了这样简单而直白的歌。它们就像一只只小虫子，悄悄爬进了我心里，我的灵魂和血脉深处。后来直到我考进音乐学院，我想，都是这些花儿在诱惑着我。这些年自以为写了一些歌，也唱红了一些歌，但不知什么时候起，我厌倦了那些震耳的现代音乐，也厌倦了那些缠绵肉麻的都市情感表白方式，我忽然又强烈地想回到那个浸泡了我整个童年、少年时代的小山村，坐在小院子里，围着那盘年代久远的石磨，亲耳听听丁姨用她那永远纯净年轻的嗓音给我唱那些动听的花儿。哈丝娜前些天打电话告诉我，丁姨近来身体很不好，她生命的日子也许所剩不多了，她说丁姨很想再看看我，看看她一手带大的宝娃。三年没有回去了，丁姨，你一直惦记着你的宝娃，可是，三年前在我带着伤痛离开你以后，就一头扎进了这都市的喧嚣中。没完没了地演出，没完没了地跑场子，为了在北京站住脚，为了挣钱、出名，他都快把您忘了。原谅您的孩子吧。他现在不需要再为了一纸合同每天唱那些无聊的歌，不用考虑这场演出会有多少观众，能挣到多少钱，他要回来看您了，您一定要等着他啊。

列车从内蒙古驶进宁夏境内，窗外一下子绿了起来，一眼望不到边的麦田里，玉米、大豆、小麦都浴在柔和的晨晖里，显出半透明的诱人颜色，嫩嫩的绿色像被阳光融化了，融化成绿色的液体在茎叶间流动着。丛生的芦苇、清浅的湿地、水面上低飞的水鸟，这就是我的家乡了。列车广播像是配合着我这次回家的心情，放起了一首宁夏民歌。

宁夏川呀，好地方，是我可爱的家乡……

这是一首流传很广的歌，我在北京时也听到过，现在却像是第一次听到，觉得歌声是那么美，那么纯。我乘坐的这趟列车载着这动人的歌声，行驶在一片绿色的充满生命的田野上，我终于再一次这么亲切地贴近了这片土地，这里浑浊的黄河水曾经滋润过我，这里强烈的太阳光把我的皮肤晒得黝黑，即使这些年我白天闭门创作或是睡觉，晚上赶场子演出，也还是无法像真正的北京人那样变得白皙一点，那是西北人特有的肤色，是刻在我身上永远不会抹掉的印记。这里硬气平实、毫无装饰音，显露着热情和真诚的宁夏方言我熟悉。我在北京学习、生活了七年，但却始终无法接受北京话，那种含混不清、语速过快的京腔总让我觉得有些油滑，不像宁夏话听着那么厚道。这里羊肉揪面的味道我熟悉，雪白的面片，飘着层层油花的羊肉臊子，再加上一勺子香喷喷的油辣子，是我吃过的最难忘的食物。

记忆此刻就循着这一缕熟悉的味道，把我带回到了贺兰山脚下的军马场，那个镌刻着我梦幻般岁月的地方……

三

"宝娃子，看，有人来接你了。"从我记事起，只要场部有陌生的小车来，那些年长的叔叔婶子们就爱摸着我的脑袋这样对我说。那时我就攥紧拳头，气呼呼地瞪着他们大声说："不，我是丁姨家的娃，是哈丝娜的哥哥。"哈丝娜在一旁紧紧拉着我的胳膊，和我并肩站在一起，着急地跺着脚说："对，哥哥不会走的。"哈丝娜的样子一定很有趣，大人们就哈哈大笑着继续他们的玩笑：

"哈丝娜，你留着你家的阿宝哥是不是长大了要给他当媳妇啊？"

"阿宝，将来你有出息了可不能忘了回来接哈丝娜给你当新娘子啊。"

通常这时，我就拉着哈丝娜胖乎乎的小手，跑到十几米远的地方转过身，斜睨着那些笑得前合后仰的大人们，拾起一块土坷垃远远地扔过去，大声说："叫你们不说好话。"那些人群躲闪着又是一阵哄笑。

小时候，我一直无法辨认自己的身份。这个在别的孩子看来再简单不过的问题，却让我困惑了许多年。在马场，我以这样一种特殊的身份而显得格外突出，经常成为人们谈论和玩笑的话题。直到十来岁的时候，我都弄不明白，为什么我的弟弟小穆萨有一顶缀着绿尼条纹的漂亮的白帽子，而我却没有。有一次，我摘下小穆萨的帽子戴在自己头上，丁姨看到了赶紧从我头上取下还给穆萨，她说："我的宝娃，你不戴，不戴。"还有，丁姨经常带哈丝娜和弟弟穆萨去场部附近的那座圆顶拱门的大房子里去，却从来不带我去。每次临走时，看着我不解和委屈的眼神，丁姨就会歉意地说："宝娃是大人了，宝娃留下看家。听话。"最让我不解的是，我一直以为自己是丁姨的孩子，但哈丝娜和穆萨都叫她妈，而我只能叫她姨。她很郑重地告诉我："宝娃，你和弟弟妹妹不一样，你是姨的命蛋蛋，你的命金贵（方言：宝贵），你啊，就叫我姨好了，叫妈的话我受不起。"对我来说，"妈妈"这个字眼是陌生的，从我一生下来，没有人教过我说这个词。长大了，当我知道每一个孩子都有一个妈妈，我想这么叫我最亲最敬的人时，却不允许我叫。但是，在我看来，如果有一个语词可以和"妈妈"一样让你一张口就感觉有滚滚暖流渗入血液流遍四肢百骸，那就是"姨"。不管怎么称呼，丁姨就是我的妈妈。

也许我并不知道，就在丁姨搂着我睡的那些年里，梦中我不止一次摩挲着她，喃喃地叫着妈妈。那时，丁姨就赶紧背转身，怕把眼泪滴在我脸上。

童年就在这样的懵懂疑惑中度过着，渐渐对这些我似乎永远都不懂的问题就不太在意了，因为有太多的东西吸引着我，对我来说，那些东西更值得我去探究。那时候，生命真的是以拔节的速度在生长，以至于我都能感觉到那种生长速度带来的疼痛。

这个军马场据说从清代起就是部队屯兵养马的地方，后来不管时代怎么变迁，地名就一直这样沿用下来，养马的技艺也被保留了下来。我记得那时场部饲养的马群还差不多有近百匹马，这些马平时除了作为日常交通和生产助力之用，还有一个重要的用途就是给周围十里八村的牲畜配种。马车在当时是这里最先进的交通工具了，场部有三辆马车，拉草运粪、收割送菜都要使用它。从马群里牵出一匹马来，上好嚼子和笼头，把车辕架在马背上，赶车的车把式一扬手中长长的马鞭，鞭稍在空中啪地炸起一声脆响，车把式再吆喝一声"走噢——"，那驾辕的马抬起蹄子，马车便稳稳地动了起来。如果是走长途或是拉一些重货，一般要架三到五匹马，那时的车把式就更神气了。车把式在我们这里是个令人羡慕的职业，不过，要让几匹马踩着同一个步子把车拉得稳稳的，那可是一项很高超的技能。有的马跑起来总比别的马快，把车子拉得东倒西歪的。车把式就会用手中的鞭子甩出去，准确无误地抽在那匹不听话的马耳根子上，那马就不敢乱跑了。有的马途中偷懒，车把式就会用鞭子的握把捅捅那匹马的后胯，嘴里喊着："懒东西，跟上跟上。"甩马鞭是代表车把式技艺高低的一个标准。在我们马场，马鞭子甩得最好的是李瘸子，他能把鞭子在空中接连挽出两三个鞭花，两三声脆响犹如一串急促炸响的爆竹，那声音听起来让人心荡神驰。他的右腿有些瘸，丁姨说他年轻时拉着一车蔬菜要送到十几里外的县上去，由于前一晚多喝了点酒，马车一上路他就困了，把鞭子直直地立在怀里，坐在车前辕上睡着了。失去控制的马开始漫无目的地跑起来，他一下子从车上被颠了下来，等他醒过来，右腿就压在马车轮子下面了。

李瘸子住在场部马圈旁的一间土房子里，马鞭就挂在门外的墙头上，磨得发亮的鞭杆子上用红布和胶皮缠着一些装饰，越发显得神气。整整一个夏天，我都在心里惦记着那杆漂亮的马鞭，那牛筋搓成的鞭绳，那缠着彩饰的鞭杆子都让我着迷。闷热的午后，我和哈丝娜、穆萨在一个小水塘里捉泥鳅，我们把捉到的泥鳅用泥巴包起来，点上火，把泥鳅放在火上烤，等泥巴完全烤干了，用一块小石头砸开硬硬的泥巴壳，一股诱人的香味一下子扑入鼻子里，口水都会流出来。吃完烤泥鳅，我们三个人平展展地躺在草地上，抬头望着湛蓝的天空中朵朵棉花一样的云彩。典农河在阳光的强烈照射下，像一条发光的白带子在不远处静静地流淌着。哈丝娜指着其中一块云彩说：

"哥你看，那朵云彩像不像一匹小马驹？"

我眯起眼睛审视了一下，忽然烦躁起来：

"哈丝娜，你这个傻瓜，你没有见过真正的马驹吗？"

哈丝娜不吭声了，噘起嘴巴一根一根拔着身边的嫩草。

天空中几只鹰正在盘旋着，它们像是飘浮在空中，甚至不用扇动一下翅膀，稳稳地转着圈，姿态是那么优美。这个夏日的中午，旺盛的生命力在我的体内冲突着，我一定要找一件什么重要的事情来做，把这股生命力释放出来，而不是躺在这里和哈丝娜这个小女孩讨论什么愚蠢的云彩。

我翻身站起来，用命令的口气说：

"哈丝娜，你带穆萨回家，我还有别的事。"

哈丝娜眨着眼睛。她的眼睛是那种灰褐色的，和我的不一样。我经常让她睁大眼睛供我仔细研究："哈丝娜，别眨眼睛，嗯，再睁大点。"她的瞳孔比我的要大一些，眼球的颜色纯净而深邃，闪动着一种神秘的光泽。当我这样观察哈丝娜的眼睛时，我几乎紧贴着她的脸，她热乎乎的气息扑到我脸上，弄得我总是没法集中精力继续观察下去。

我不看哈丝娜的眼睛，肯定地说："嗯，就这样。"

"不能带我和穆萨一起去吗？"

"你是女孩子，知道吗，哈丝娜，快回去吧。"

"可是，原来你走哪儿都带着我呀。"

穆萨也坐起来，嘟囔着说："我不回家，哈丝娜姐姐，哥哥要是不带我们，我们就回去告诉妈，说他不带我们玩。"

穆萨是个小坏蛋，总是和我作对。我无奈地一摆手："好吧好吧，我们一起去，但你们不能给别人说。"

哈丝娜赶紧拉起穆萨，使劲地点点头。

头顶上的几朵云彩懒懒地飘动着，强烈的阳光毫无遮挡地晒下来，我踩着柔软的草地迈开大步走着。哈丝娜紧紧拉着我的手，一路小跑地跟着我。我们一路来到马圈旁，那只马鞭静静地挂在墙上。李瘸子这会正在屋里睡午觉，我爬到墙根下，轻轻把那根马鞭摘下来。穆萨和哈丝娜睁大了惊奇的眼睛看着我做这一切。

"哈丝娜，帮我拿着鞭子。"

我钻进马圈，从正在啃青草的马群里牵出一匹枣红马，学着大人的样子给马戴上嚼子、笼头，把马牵到马车前。给马驾辕时要把马车的辕抬起来，马车很重，我喊来哈丝娜和穆萨帮忙。穆萨吓得不肯过来，哈丝娜犹豫了一会才走过来。

"把马牵住别让它动。"

我费了很大力气才把马车架好。把马车拉出离马圈很远的一片空地，我才喘了口气。"哈丝娜，快坐上去。穆萨，你是个胆小鬼，如果你不是我弟弟，我会用马鞭子抽你的，现在，你也快滚上车去吧。"我神气地举着马鞭，等他们都坐在车上，我爬上车前辕处车把式们坐的位置，回头看看他俩，哈丝娜正紧张地紧紧抓着车帮。我摇了一下那长长的马鞭，但没有甩出一声脆响，鞭鞘太长了，荡回来拍在我脸上，皮肤像裂开一样疼，不过，马车终于动起来了。哈丝娜高兴地大笑起来。

"哥，你可真了不起。"

"哥，能让马跑快点吗?"

"哥，让我赶一下吧。"

她不停地在我耳边喊着。马车在起伏不平的草地上吱呀吱呀地向前走着，载着我们三个孩子的笑声。草地是那么宽阔，一望无边。盘旋的鹰就浮在我们头顶，这一切都让我觉得自己是个大人了。我奋力把鞭子甩起来，想听到鞭鞘急速抽打空气时发出的那声脆响，但试了很多次都没成功。最后一次，我站在前辕上，用上了所有的力气。鞭绳被甩起很高直直地向后荡去，啪的一声轻响后，哈丝娜痛苦地尖叫了一声。

"哈丝娜，你怎么了，快把手拿下来。"

哈丝娜放下捂着脸的手，一条足有一巴掌长，一指头高的血痂像一只难看的虫子爬在了她的脸上。哈丝娜疼得哭了。

我悄悄把马车赶回马圈卸下来，把马鞭依然挂在墙上，屋里响着李瘸子巨大的呼噜声。

走到丁姨家的院墙外，哈丝娜已经不哭了。那条血痂干了，但依然没有消肿的迹象。

"哈丝娜，还疼吗？"

哈丝娜点点头，又使劲摇了摇头。但眼泪还在她红肿的脸上挂着。

"回去你就说摔倒碰伤的，别把我们赶马车的事告诉丁姨。"

穆萨看着我说："我要告诉妈，是你偷着赶马车，用马鞭打伤了哈丝娜。"

"你敢说试试，我揍你。"我对穆萨晃了晃拳头。

哈丝娜脸上的那道鞭伤一直没有完全褪尽，留下了很深的疤，从嘴角一直延伸到耳根。若干年以后，我对她说："哈丝娜，等我挣了钱，带你去医院把你脸上的疤去掉。"

我说这话时，已经在音乐学院上学了。假期，我们骑着马，一直跑到贺兰山脚下。哈丝娜围着盖头，那是回族未出嫁女子的装束。她的脸都围在盖头里，只露出鼻子以上部分。落日把一层薄薄的金辉均匀地洒在她身上，在她那发育成熟的身体四周涂上了一圈淡淡的光晕。

哈丝娜低着头说："不，我要留着……"

四

就在我们准备推开院门进去的时候，院子里传来一阵细细的歌声。那是我从来没有听过的一种歌，它轻盈地翻过低矮的土墙，犹如一串雨丝从我头顶飘荡下来，一下子进入到了我的心里。

送哥哥送到那青坡坡上
手拉着手呀不肯放
哥哥你是那读书的人
不会把妹妹我放心上……

那是用我们本地方言唱的，调子很简单，歌词我也基本上听得懂，除了这首歌要表达的意思我当时还不完全明白，但那淡淡的伤感和直白的语言一下子抓住了我。透过院门上一条条缝隙，我看到丁姨正坐在院内的井台前，一边洗着衣裳一边低头轻声哼唱着。这个静静的正午，场部里没有一丝别的声音，丁姨那清亮的嗓音在干燥的空气里清晰地送过墙来，后一句追赶着前一句，每一个字都像一片薄薄的金属，相互撞击着。它们如同带有一股我无法把握的力量，正试图钻进我体内。不管我怎样拼命阻拦，但那歌声还是倏地一下钻进了我心里，在那里仍不停地撞击着，叮叮咚咚，震得我惊慌不安。

绿绿的麦子长黄了

一把镰刀割下了

亲亲的妹子变老了

剩下的光景不多了……

　　歌声和着丁姨洗衣裳的节奏一句一句传来，不一会，胸口那种塞得满满的感觉没有了，像是一块坚硬的东西逐渐被融化掉了，化成了一股细流，缓缓地在身体里流动起来。身上的燥热和不安没有了，身体里变得澄澈清凉。

　　我现在知道，那就是音乐对一个人的征服。

　　丁姨轻声唱的就是宁夏花儿。花儿是一种流传于陕、甘、宁、青地区的自由吟唱的歌，它是歌，也是诗，在这苍茫的黄土高原，它更是挟着烈日的温度，带着地表的干燥的热风，散发着这块土地浓浓的泥土气息。花儿歌手们不管是在劳动中，在田间，在山坡，在烦闷时，在快乐时，在人多处，在寂寞时，他们随口把自己的心事和咏叹，用最直白朴实的地方语言唱出来。那些曲调大多是固定的，旋律简单，绝不华丽。但就是依附着这些固定的曲调，他们演绎出了变化繁复的情感。我有时想，是什么样的情感让他们一定要用歌声来表达？在这些近乎荒凉的地方，音乐是怎么传递出一种文化底蕴的呢？

　　就像丁姨，这个平日里温和慈爱，不管生活的压力有多大，都始终抱着一种乐观态度的女人，这个除了在马场劳动，其他时间就是给我们三个孩子做饭、洗衣的传统的家庭妇女，十年来她的声音除了对我说过爱抚的话语，从不曾用音乐的形式为我展现过这声音的甜美。然而这个正午，太阳晒得裸露的地表、粗糙的黄泥院墙冒着丝丝热气，这个正午，我正为自己做了一件只有大人才敢做的事而沾沾自喜，和一件不可原谅的事而惴惴不安，就在这样一个似乎并非刻意安排的时刻，那些歌从丁姨的心里流出来，流进了我幼小的心里。那个正午，对她和对我都分别意味着什么。

如果按照花儿这种民歌直传心意的抒情方式来推断，那么我可以断定，当时唱这些花儿的丁姨心里是在想着一个人。那个人已经远远地离开了这里，而且很多年没有回来了。丁姨是在叹息时间过得很快，转眼自己已经变老，而心里想见的那个人却再也见不到了。可惜这个故事丁姨从来没有告诉过我，虽然以后我曾多次询问过她。

五

典农河水长年滋润着贺兰山下这片青葱的马场，马场的马匹每年都在增加，到马场解散，土地和马匹全都分到各家各户时，我们家一下子分到了五匹马和三亩土地。家里的劳力不够了，丁姨就让哈丝娜和穆萨都辍了学帮她操持家务干农活，只有我继续上学。这让我很不舒服，我觉得，我是哥哥，家里的农活应该由我来做，但丁姨很坚决：

"宝娃，你是念书的料，你不念可惜了。弟弟妹妹跟你不一样，他们是咱马场里的人，一辈子都走不出这马场，念不念书都一样。"

我明白丁姨说的我和弟弟妹妹不一样是什么意思。在一个秋日凉爽的傍晚，天上挂着半个白亮的月亮，我和哈丝娜趴在院子里的那方石磨上，就着月光写完了当天的作业，丁姨叫住了我。她摸着我的脑袋看了很长时间，她的眼睛和哈丝娜的一样迷人。

"宝娃，你长大了，过了仲秋你就十五岁了，丁姨有些话想告诉你"

风吹着院子里的几株桃树、苹果树的叶子哗哗地响着，哈丝娜紧

091

张地望着我们俩。

"哈丝娜，你也过来坐下。"丁姨望着院外虚虚的夜空，讲述了一个年代久远的故事。

大约十六年前，一对上海青年夫妇到军马场小学来支边，男的教语文，女的教数学。那女人穿着打扮总是那么漂亮高贵，连说话都带着让人迷醉的婉转甜美。男人清瘦俊雅，夏天时一件白衬衣总是洗得纤尘不染。他们两人就像马群中两匹神骏非凡的骏马，走到哪里都是那么引人注目。傍晚时，男人就坐在小学校的院子里，取出一管笛子吹起来。那管笛子就像藏着无穷无尽的美妙声音，在那个年代，听惯了那种震耳喧嚣的让人喘不过气来的音乐，一下子听到这清新悦耳的笛音，真觉得说不出的舒服。马场的人几乎每天都要聚在小学校院里听他一曲一曲地吹，直吹到夜色浓浓地降下来，那时，女人就端出她做的各式精美的小饼招待大家。他们是马场里最受欢迎的人。

军马场是偏僻的，军马场的人是质朴的。他们并不知道当时外面的世界里已经发生着一场天翻地覆的变化了。

音乐总是能拨动人内心深处的情感。在没有听到男人的笛声之前，军马场里的人每天哼唱的都是广播里从一大早就播放的革命歌曲，是他的笛声唤起了马场人对音乐的真正渴求，人们私下里渐渐又哼起了花儿这古老的民歌。丁姨当时只有二十多岁，是十里八村花儿唱得最好的。男人经常坐在院子里，听丁姨轻轻地唱，然后在一个本子上画上些蝌蚪一样的东西。丁姨喜欢唱给他听，丁姨唱时，那女人就静静地坐在一旁，一手托着腮，无限深情地望着自己的丈夫。学校放假，男人把他的女人托付给丁姨，那女人怀有身孕了。男人走遍了宁夏的山沟土梁，到处寻找着花儿的声音。他常给丁姨说："你知道这花儿有多美妙吗？这么美妙的歌不能埋没在这山沟沟里，我要让更多的人听到。"丁姨听他这么说时，总是幸福地沉入遐想。

后来，他写了一篇关于花儿的文章寄出去，没想到这给他们带来了毁灭性的灾难。几个月后，县里来了一帮人，那些人气势汹汹的杀到小学校，把他从课堂里揪出来，当着他学生的面说他是什么资产阶级走狗，不配给马场无产阶级的孩子上课。其中一个头头还硬硬把他的头摁在地上，用脚踩在他那张白皙的脸上说：

"听说你会吹笛子，还会唱低级下流的歌，我告诉你，不许你用你那张嘴来污染我们无产阶级群众的耳朵，你的嘴巴连吃饭都不配，只配跟那些马一样啃地上的草。"说完狠狠地把他的脸往地上踩。那个女人当场就晕倒了。

后来，他就被带到了附近的一个农场里劳动改造。自他走后，女人的身体一天不如一天，半年以后，在丁姨家生下一个男孩，她把孩子交给丁姨，拉着丁姨的手说："妹子，等他回来，把孩子交给他，告诉他，我等不住他了。"没多久就她就死了。那个男的听到这个消息，在一次外出劳动时，跳进了浑浊的河水里。

丁姨一直把那个孩子当作自己的孩子养大，那个孩子当然就是我。因为我的父母都是汉族，所以丁姨不让我着回族的装束，不让我进清真寺。她说，我是汉族的孩子，不能改。

这故事，马场的大人们都知道。

我始终不能理解丁姨为什么这样义无反顾地把我这个汉族的孩子抚养成人，并且供我上完大学。在她的心里，是基于对我父母为人的尊重和他们不幸遭遇的同情，还是对我这个孤儿的深深怜惜？这几种感情真的可以让她在二十几年的漫长岁月里，忍受着生活巨大的压力来承担起这份责任吗？

那晚半弯苍白的月亮就像一个印记，永久地打在了我的记忆中。

六

不管冬夏，每天放学，远远地就能看到哈丝娜站在门口迎我。她头上的盖头在风里飘动着，单薄的身影越发显得孤零零的。自打那次我不小心用马鞭伤了她，她就一直戴着盖头，把脸捂得严严的。

"哥，你回来了。快把书包给我，我给你炖了羊肉汤，进屋喝一碗暖暖。"

"嗯。以后别站在门口傻等啦，我又不是小孩子。"

那晚丁姨讲完我的身事，我就很怕见到哈丝娜，怕在她面前做出一些傻事，比如脸会莫明其妙地红起来，说话会忽然打起结巴。但对于她和穆萨的辍学，我一直心存愧疚。每天做完功课，我把哈丝娜叫过来，给她补习功课。穆萨说他本来就不喜欢读书，每天晚上他都很早就睡了。我告诉哈丝娜，这世界很大很大，在咱们的马场之外还有很多神奇的地方，每天都在发生着许多新鲜的事情，有机会一定要走出这马场去看看。

哈丝娜睁大眼睛望着我：

"哥，我能出去吗？"

"能，傻瓜，有哥呢，有一天我会带你出去的。"

我说这话的时候，脸上又烧起来。幸好屋里灯光暗，没人看出来。

也许是父亲的遗传吧，上高中开始，我的爱好一下了转到音乐上，那些乐器和蝌蚪一样的五线谱让我痴迷不已，我很快就掌握了音乐这门特殊的语言。

一天，我在学校的歌咏比赛中得了奖。放学后，我一路哼着歌往回走，在门口没有看到哈丝娜，我一进门就喊：

"哈丝娜，哈丝娜，看我给你带来了什么。"

那是一本烫金的获奖证书，红绒布包的皮子拿在手里摩挲得手心发痒，直想笑出声。我猜想她一定又会大惊小怪地叫起来："哥，你可真是了不起啊。"可是，她也不在屋里。正在揉面做饭的丁姨说：

"这丫头一早就到镇上卖菜去了，到现在还没回来。天快黑了，真急死人了。"

我扔下书包就往外跑。

"宝娃，你干啥去？"

"去找哈丝娜。"

到镇上有六七里路，这么远的路，哈丝娜经常要一个人拉着一架子车菜到镇上卖掉，然后再默默地走回来。她才不过是个比我小一岁的小姑娘，辍学以后，她就是这样帮着丁姨支撑着我们这个家。每天早晨，她早早起床给我准备好早饭和要带到学校去吃的午饭，因为学校离家远，中午我就不回家了。我常常是听到屋子里的动静眯着眼睛问：

"哈丝娜，几点了。"

"还早呢，哥你再睡会儿吧。"

直到实在不能再晚了，她才叫醒我。我出门时，天还黑乎乎的像口大锅扣在头顶。想起这些，我飞快地跑着。到镇上时，天色已经擦黑了，集市上空荡荡的没有一个人，我的哈丝娜在哪儿呢？我穿过狭长的集市边走边喊：

"哈丝娜，哈丝娜……"

"哥，我在这儿。"一个颤抖的声音从身后的墙角处传来，哈丝娜带着哭声向我走过来。

"哥，妈一定着急了吧。"

"哈丝娜，你怎么不回家去，出什么事了？有人欺负你吗？"

我握紧了拳头，感觉血液在体内开始加速流动起来。

"哥，你别生气。"哈丝娜像个做错事的孩子，拉着我的手轻轻摇晃着，眼里挂着泪花。

"我问一个买菜的大叔镇上有没有卖乐器的，他说只有口琴，他知道在哪儿买。我就把钱给了他，他让我在这里等他……哥，他不会来了，是吗？"

"你一直等到现在吗？傻瓜，镇上的商店早都关门了，他不会来的。"

哈丝娜低着头难过地哭了。

"哈丝娜，你要口琴干什么？"

"……哥，我想买给你的。"

我一下子明白了这些天她为什么总问我都有什么乐器，是什么样子的，我的哈丝娜，她是想给我买一把属于我自己的乐器。我忍不住捧起她的脸，把脸上挂的泪花擦干。

"哈丝娜，咱们回家。"

路上，我让哈丝娜坐在架子车上，我拉她回去，她怎么也不肯。我说：

"哈丝娜，还记得咱们赶马车的事吗，来，你来赶车，我要是跑得不够快，你记着用鞭子抽我。"

"可我没有鞭子啊。"

"那就用你的脚踢我，你就说：懒东西，快跑。"

哈丝娜咯咯地笑起来。

我在路上告诉她我唱歌得奖的事，还给她唱我获奖时唱的那首歌，哈丝娜抿着小嘴静静地听着。到家时，她坐在架子车里睡着了。

几天以后我放学回来，她依然站在门口等我。她双手拢在身后，一看就知道手里藏着什么东西。

"哈丝娜，快把手里藏着的宝贝给我看看。"

哈丝娜红着脸不敢看我，缓缓把一只手递过来。那是一把口琴，闪亮的金属外壳发出炫目的光。哈丝娜说：

"哥，那个叔叔没有骗我。他是医生，那天他买到了口琴，可是路上遇到一个生重病的人，他没办法给我送来了。不过今天我又碰到他了。"

我接过口琴，那上面还带着哈丝娜用手暖热的温度。

"哈丝娜，我要用这把口琴给你和丁姨吹最好听的音乐。"

学会吹奏后，我给她和丁姨吹《二泉映月》，吹《梁祝》的片断。丁姨眯着眼睛听完说："宝娃，你和你爹一样，是个有本事的人哩。"

七

三年了，终于又回到了这块熟悉的土地，那草场上青草的味着，被风吹干了的马粪的味道远远地就扑撞了过来，撞得我血脉贲张，撞得我眼睛里湿润起来。我真想一头扎进丁姨的怀里，拥抱那久违了的亲情。哈丝娜在吗？她还会站在门口迎着我吗？

这三年，哈丝娜吃了多少苦啊。但我却不在她身边，不能像哥哥那样保护她。三年前，当我大学毕业决定留在北京发展时，我肯求丁姨让我带哈丝娜走，我告诉丁姨我会好好待哈丝娜，不让她受一点委屈。丁姨摇了摇头：

"宝娃，你问姨要什么姨都会答应，可是你要带哈丝娜走姨不能答应。哈丝娜生在这马场，她注定要留在这马场。你到外面去闯吧，你们汉族里比她好的姑娘多着呢。别让姨为难了。"

哈丝娜在一旁静静地听着，听完丁姨的话，低头哭着跑了出去。

丁姨的态度是坚决的，我在她的房门前跪了一夜，她没有出来跟我说一句话。一弯残月退了下去，天边泛起血一般的殷红。我知道，不管我怎样努力，都不可能扣开面前这扇重重的门了。丁姨，我不再是你视作命蛋蛋的宝娃了吗？二十多年，不管你的宝娃犯了什么样的错，你从不责骂他，不管你的宝娃要做什么，你从不阻拦。可是，当我要求你赐予我一生的幸福时，你却这么冰冷地拒绝了你的宝娃。我要走了，你都不肯出来再看我一眼，看看你养育了二十多年的宝娃了吗？我的心冰凉透骨。我在地上重重地磕了一串头，坚硬的泥土强有力地撞击着我的前额。我无力地站起身，看到哈丝娜倚在院门口，眼睛里挂着闪闪的泪花。

"哈丝娜"，我抚下她的盖头，伸手抚摸着她脸上那条深刻的血痕，一时间说不出话来。

"哥——"哈丝娜终于哭出声来，一头扑进我怀里，那滚烫的泪水一下子把我淹没在了一片奔涌的潮水中。想到这一走就将永远失去我的哈丝娜，我全身都在打颤，紧紧搂着她。

"哈丝娜，让你哥走。"丁姨终于打开了房门。她冷冷地站地门口，像一尊不可逾越的神。

别了，这养育了我二十多年，让我像马驹一样无忧无虑长大的军马场；别了，这滋润了我生命的典农河。我这个来自异乡的孤儿，注定无法把自己融入这片厚重的土地，我来自异乡，现在，又要到另一个异乡去漂泊了。

我离开这里的第二年，穆萨告诉我丁姨把哈丝娜嫁给了当地一个跑运输的汽车司机。那晚，我喝着酒在那间不到五十平方米的小屋写下了那首《一路风尘》

　　繁花遮不住你昔日的笑
　　曾经梦里熟悉你的笑
　　岁月抹不掉你昔日的笑
　　曾经梦里熟悉的你的寂寞的笑……

　　这首歌成就了我们兄弟乐队一时的辉煌。

　　那掩映在绿树丛中的老院子还是过去的样子，甚至连那扇陈旧的院门都没有改变，只是，门前少了哈丝娜伫立的身影。不管我是多么不愿意承认，但这里的一切的确变了，再也不是那个收藏了我和哈丝娜无限笑声的昔日的家了。

　　推开院门，看到那盘石磨，那几株葱郁的果树，我的眼前一下子模糊起来。第一个见到的是穆萨，他已经长得和我一般高了，结实的身体里蓄积着使不完的力量。他冲过来双臂一搂把我抱了起来，我就这样几乎被他抱着来到了丁姨的眼前。丁姨躺在炕上，脸色纸一样苍白。她试着要探起身，但这样的运动就已经累得她不停地喘息。我赶紧凑过去，把脸伸到她手能摸到的地方。她用那双干瘦的手像以前那样抚摸着我，喃喃地说："宝娃，我的宝娃，你回来了。好啊，又看到你了。"泪花在她曾经那样迷人的眼眶里闪动着，搭在我脸上的手久久不肯放下去。

　　穆萨说，丁姨得了肺癌，等查出来已经是晚期了。

我的丁姨，就这短短三年的时间，你就这样离我越来越远了，渐渐到了我无法触摸的距离。三年，我想起你那天冷冷的声音和无动于衷的表情就发誓不再见你，可是，走到你身边我才强烈地感到你是我生命的一部分，我是你的孩子，而你对我的爱远远超越了普通的母爱。但是，当我明白这一切的时候，你却要永远离开我了。我抑制不住内心的悲伤，一个人走到院子里，坐在那盘石磨旁暗自流泪。

　　当我听到身后有一个稚嫩的声音咿咿呀呀时，我回过身，就看到哈丝娜站在那里，怀里抱着一个不到一岁的孩子，痴痴地看着我。

　　"哥——"她还是那么习惯地叫着我，这叫声我听了二十多年，但这次却觉得心里说不出的酸痛。我伸手想接过孩子抱一抱，那孩子却扭头钻在了哈丝娜怀里。

　　"他认生呢。"哈丝娜轻拍着孩子的背，收回了看我的眼神。三年了，她第一次这么真实地站在我面前。虽然这三年里我竭力去让自己平静下来，但直到站在她面前，我才知道，我依然没有做好准备。望着她脸上那道深深的疤痕，我忍不住抬手想再去抚摸一次。幸好她怀里孩子"哇——"的一声啼哭一下子把我惊醒了。

　　"哈丝娜——"叫完这一声，我伸出的手臂僵在了半空里。

　　晚饭后，丁姨的精神好了许多，她挣扎着坐在炕沿上，从放在炕边的木柜子里摸出一个用布包好的东西递给我。我打开层层包裹的布，那里躺着一管竹笛，长长的笛身已经磨得发亮了，但是看得出，那是一支上好的笛子。我拿着笛子疑惑地望着丁姨。丁姨苍白的脸上泛起一丝红晕，像是沉浸在幸福的往事里。

　　"宝娃，这笛子是你爹留下的，你妈去世前交给了我。我藏了二十多年，现在该给你了。"

　　我摸着光滑的笛子无限感慨，这就是我的亲人留在世间的唯一遗物了，当年，父亲吹着这管竹笛，把美妙的音乐带到了这个地方，在那个年代，他唤醒了这里的人对音乐的渴望。如今，这笛子就握在我手中，在它那细小的腔膛里，可否还保留着父亲和他们那一代人对音乐的深切情愫？

丁姨喘息着说："宝娃，给姨吹一个好吗？"哈丝娜在一旁扶着丁姨。

我默默贴好放在布包里的笛膜，吹了一曲《云雀》。丁姨靠在哈丝娜肩头贪婪地听着，听到最后，她嘴唇翕动着，轻声哼唱起来：

绿绿的麦子长黄了

一把镰刀割下了

亲亲的妹子变老了

剩下的光景不多了……

唱完这几句，丁姨一只手拉着我，一只手拉着哈丝娜，问："孩子，心里恨我不？"

我早已泪流满面，哈丝娜也泣不成声。

接下来的几天，我每天陪着丁姨，哈丝娜也天天过来，还有穆萨，日子像是回到了童年，我们三个孩子在丁姨的呵护下，一起快乐地生活着。

如果时光真的能倒流，那么，我一定会用一颗纯净的心去仔细品味生活中的每一种滋味，绝不让它们在疏忽中错过。可是，时光能倒流吗？

丁姨走得很安详。穆萨对我说：妈她其实是提着一口气等你回来呢。

八

处理完丁姨的后事，我在小院里又住了两天，我想把关于这里的一切记忆都重新擦亮。穆萨陪着我一起到草场上骑马，去看他地里种的庄稼。吃饭时，哈丝娜会站在院子里喊：

"哥，吃饭了。"

她的孩子已经不怎么认生了，她忙着收拾碗筷时，我就替她抱一抱。小家伙是男孩，有一次很不客气地尿了我一身，哈丝娜忙不迭地帮我擦拭。我笑着说：

"哈丝娜，别擦了，童子尿是福气呢。"

我离开的那天，天空飘着朵朵棉花一样雪白的云彩，柔和的阳光静静地笼罩着这片美丽的草场。哈丝娜和穆萨送我到村外我就不让他们继续送了，往前再走几百米就是长途汽车站，剩下的路该我一个人走了。

我转身的时候，身后传来细细的歌声：

送哥哥送到那青坡坡上
手拉着手呀不肯放
哥哥你是那读书的人
不要把妹妹我放心上……

是那首丁姨曾经唱过的花儿，但是哈丝娜改动了其中的一个词，她把她对我的祝福都用这一个词来表达了。她的声音和丁姨的一样清澈甜美。

我没有回头，一路走向前。

我有理由相信，这流传在民间的优美的花儿，展现着那些歌者最真实的生存状态，他们用这些简单的旋律和朴实的语言，突破了华丽繁杂的艺术形式带给人的隔阂。它之所以具有如此长久的生命力，那是因为它源自于歌者的内心，然后又毫无障碍地传递到每一个听到这歌声的人的耳朵里，心灵里……

白月光

此刻，母亲伸展又腿坐在床上，双手相叠放在胸前，嘴唇翕动着，轻声念叨着一些模糊的句子。窗户上一方白白的月光正好罩在她身上，她头顶白色头纱，脸上显出少有的苍白。我站在门口望着那方白白的月光和月光里的母亲，不敢眨一下眼睛，生怕一眨眼，母亲就会被吸进那白月光里不见了。

一

母亲今年八十三，眼盲，耳背，再加上严重的风湿，双腿变形，几乎寸步难行。每天除了吃饭睡觉，唯一能做的事就是礼拜了。每天五次，雷打不动。

自从母亲七十多岁眼睛渐渐看不清东西开始，母亲就一直守着窗前的那方白白的月亮，一坐就是十多年。

我知道母亲每天祷告的是什么，无非是保佑她的四个孩子能够平平安安，没病没灾。

四个孩子中，大哥几年前在工地被砸坏了腰椎，不能干体力活，几乎是靠打零工的嫂子养活，生活艰辛。大姐已经五十多岁了，还在建筑工地上爬高摸低粉刷房子。姐夫几年前车祸去世，为了给外甥成

104

家，姐姐卖掉了自己原来的房子，换到了一处只有四十几平方米的小房子里。就这样东拼西凑，外甥结完婚，姐姐还是欠了十几万的债。弟弟是家里唯一一个考上大学的孩子，大四寒假，弟弟领回一个秀气的南方姑娘。母亲一打听对方不是回族，一连几天没给人家好脸子，我们谁劝她都不听。她还对弟弟说："这个女人和我之间，你只能选一个，你自己挑吧。"伤心的弟弟在毕业后就去了新疆，三十岁时领着一个维吾尔族女孩回来说他们已经结婚了。在接受了母亲的祝福后，弟弟弟媳就返回了新疆，从此就很少回来。我知道，在弟弟的心里，对母亲一直怀着种无法释怀的怨愤。

我是母亲的二女儿，工作、结婚本来一直挺顺利的，直到我三十多岁的时候，我却忽然对这段婚姻，对这种生活失掉了信心。

我的婚姻也是母亲定的，对方是一个家境富裕的司机，人很老实。母亲说嫁到这样的人家不会受罪。的确，在结婚的十年里，婆家对我一直很好，丈夫虽然木讷寡言，但照顾家庭也算尽心尽力。起初，我以为这样的生活应该算是种幸福了。后来，我们有了女儿可儿，随着女儿的长大，我却越来越感到一种窒息般的痛苦。两年前，我挣扎着为自己做了最坚决的一次抗争，我离婚了。离婚后的我带着女儿买了幢七十多平方米的旧房子，把年迈的母亲也接到了身边。

得知我已经离婚的消息，母亲竟出奇的平静，只叹息着说了句："我这是造得什么孽啊。"

我知道母亲对我的失望有多深，在四个孩子中，我是母亲最看重的也是最听话的一个。高考失利后，我正准备复读，母亲对我说："娃，妈托了一个亲戚，给你在市里谋了份工作，这工作体面，机会也难得，不比考大学差。"于是，我听从母亲的安排，在市属的一个事业单位早早参加了工作。两年以后，母亲对我说："娃，妈看好了一个人家，男的挺厚道，家境也好，你抽空见见人家吧。"隔一天午后下班，我就在单位门口看到了那个推辆自行车，神情局促的男人，并且和他一起生活了十年。

对于我的离婚，很多人都不理解，过得好好的，既不红脸也没有外遇，怎么就离了呢？

可我心里知道：我不能再骗自己骗别人了，爱就是爱，不爱就是不爱，没有激情的生活，就像一锅越搅越黏稠的粉，渐渐把我自己也粘在了锅里，喘不过气来。

二

我习惯了醒来躺在床上，让母亲以为我还睡得很香，这样她祷告时，就会少一些对自己的责备。

每天上班前，我把早餐准备好放在母亲能摸到的地方，然后和可儿出门，可儿上学，我去单位。中午回来时，母亲已将吃过早饭的碗筷洗净，还摸索着烧开一壶水，给我泡上一杯茶。母亲能做的只有这些了。早几年，她还能趁我上班时，帮我和好一团面，甚至把菜摘好了洗净，等我回来炒。

其实，母亲年轻时是远近闻名的厨子，农场几百户人家，谁家办婚丧嫁娶，都少不了要请母亲去掌勺。母亲擅长做回族特有的炸丸子、烩小吃、炖羊肉、烧牛尾、烧粉汤、肉粘饭，一桌席，二十多道菜，母亲总能麻利地轻松做好。回来时，她会带来一大堆好吃的，那些都是主家谢厨的礼物，我们四个儿女就会在母亲的关注下，大快朵颐。在那些物质馈乏的年月，我们四个儿女从没有感受到生活的窘迫，那是因为母亲用那双巧手把一切都安排得妥妥当当。

从小学到中学，每天上学，母亲都会往我的书包里塞一块饼当早点。那饼烙得里外焦黄，放在抽屉里散发着浓浓的小麦香。我的同桌丁学财家里条件不好，经常不带早点。有几次上课时，我看到他闭上眼睛使劲用鼻子吸气，然后嘴角就流下一串亮晶晶的口水。后来，我抽屉里的烙饼总会莫明其妙地少掉一大块，甚至有时直接不见了。有一次，我满腹狐疑地问他："丁学财，你是不是拿了我的饼？"丁学财摇着小脑袋吱吱唔唔地说："没有，谁稀罕你的饼。"他摇着脑袋的时候，嘴角的馍馍渣就扑簌簌掉下来。我把这事委屈地讲给母亲，后来，母亲就在我的书包里多塞一块饼。现在的丁学财已经是我们这里远近闻名的企业家了，每次同学聚会，他都要讲这一块饼的故事。他说，那时上课闻到我抽屉里的烙饼香味，就啥都听不进去了。他说是母亲每天多带的那块饼养大了他，所以几次到我家，都要执意让母亲认他做干儿子。母亲总是不许，尤其是我离婚以后，母亲更提醒我，不要让他再来看她。母亲说："娃，我们不图啥别的，就图个平平安安。你现在是一个人，他虽然是念着份情义来看我，但时间长了别人会说闲话的。"这辈子，母亲把名声看得比啥都重。丁学财私下里多次对我说，他想给母亲买幢大房子，让母亲晚年过得好一点。我知道现在买幢房子对他来说根本不算什么，可我也知道，母亲不会接受，当然，我也不会。

几年前我对母亲说：好想吃一碗你做的羊肉臊子面啊，那味道，找遍大街小巷，也没有一家饭馆能做出来。结果我中午回家时，就发现母亲像个做错事的孩子，坐在椅子上紧张地搓着双手对我说："娃，妈今天做了件烂杆事。"我走进厨房，发现案板上放着一块擀得歪歪扭扭的面，炉子上坐着锅，汤里没有几片面，而大部分面片都甩到了墙上，灶台上，地上。母亲的眼睛彻底看不清了，就算想给孩子做一碗面，她也没有这个能力了。

姐妹中间，我的锅灶是最不好的。结婚前，母亲经常对我说："这样的锅灶，将来嫁到婆家，是会被人家笑话的。"还好，婚后的十年，婆家容忍了我的锅灶，是我容忍不了那种心如死灰的日子。离婚后，我不管做什么给母亲吃，母亲都会赞不绝口地说："好吃，好吃，你的锅灶比妈都不差。"我知道妈这是夸我，因为女儿就曾背着我偷偷把半碗面倒掉，而跑到外面去吃麻辣条。已经九岁的女儿体重只有五十多斤，骨瘦如柴。女儿经常在放学后跑到奶奶家，拿回一大袋酱牛肉、干炸鱼，吃得津津有味。我几次提醒女儿，自己在奶奶家吃饱了就好，不必带回来。女儿说："奶奶说了，带回去给你妈一块吃。"这话我听着心里酸酸的，不是因为自己选择了离开那个家庭，而是想起了母亲的那番话。我知道，在结婚十年又离开那段婚姻后，我真的被人家笑话了。

三

还是这样一个月光皎白的晚上，农场的土房子里，白色的月光透过窗户照进来，一种悲伤的情绪牛奶一样流进咽喉，扩散全身。

父亲躺在炕上，身下倚着一叠被褥，我们四个孩子挨坐在炕沿上，像蹲在电线上的一排小麻雀，哀鸣着呼叫着父亲。

父亲得的是肺癌，连着咳了好多天血，躺在那里面如纸色。母亲拉着他的手坐在他身边，眼里的泪珠在月光的照映下白亮白亮的，却不掉下来。月光就像一层温柔的白纱，轻轻笼罩着我们这个不幸的家庭。

父亲挨个向他的四个孩子作着临终的告别。

父亲让大哥要挑起家里的担子，遇事给弟弟妹妹们拿个主意。那时候，大哥的腰还没受伤，是一家建筑公司的工程队长。父亲让大姐要多管管姐夫，姐夫这人整天不务正业，就是开车钓鱼，请客吃饭。几年后终于在一场车祸中结束了荒唐的一生。父亲又告诉弟弟要多回来看看，他说骨肉之间不能疏远了，远了就像伤筋动骨，会痛的。父亲最后对我说："弟兄姐妹中间，你最有主见，又最能忍。以后，按你自己的想法去过吧，别委屈了自己。你跟你妈最像，也最能说上话，以后，多陪陪你妈。你妈眼睛不好，全靠你们陪她聊聊天，她心里才会敞亮。我这辈子话少，也不会哄你妈开心，所以，她心里装了不少苦水。以后，你们就多听她说说话吧。"

父亲说到这儿，目光转向母亲说："娃他妈，这些年跟着我，委屈你了。"父亲说完这句话，我看到母亲眼里噙着的那串泪珠，终于决堤般地流了出来，落在了白亮的月光里。

那是七年前的事了。那时候，巨大的悲伤裹挟着我们，我们都没有意识到父亲的言语中竟有着那样多的深意。

在我很小的时候，就听父亲说起过，母亲年轻时是家场里数一数二的漂亮姑娘，她唱的花儿总能招来方圆几里的小伙子，围在我家老房子的院墙外一坐就是半夜。她烧的饭菜能让邻居的孩子排着队到我家来蹭饭。农场的人都说：谁娶了这姑娘，前辈子不知道要修多少福呢。父亲的描述无疑是夸张的，他这样说时，总是止不住得意地哈哈大笑着。不过，从农场里流传的关于母亲的故事，我相信母亲年轻是一定是一个非常出众的人。

我出生的国营金沙农场是个军转农场，20世纪五六十年代，这里还是为部队屯粮养马的地方。农场场部驻扎着一个连一百多名战士，这些战士平时军事训练，农忙时就帮着一起插秧播种，收割打麦。部队帮着农忙的时候，场部就会组织一批做饭手艺好的人，把饭做好了送到地里给战士们吃。

母亲自然是其中一员。她把饭菜挑到哪儿，其他班的战士就会围过来抢着吃，吃完了还一定要让母亲唱支花儿才行。母亲那时才十九岁，正是活泼的年龄，有人提议，他便大大方方地立在田间唱：

金粒粒银粒粒香不过那米粒粒
毛眼眼红嘴嘴美不过那尕妹妹
小哥哥你远远地望一望
妹妹的心思你猜不着

唱到这儿，战士们就会一起合着节拍喊：猜不着你就快说啥。

母亲接着唱：

你去问那麦浪上暖暖的风
你去问那花朵上浓浓的香
你去问那燕子在哪里搭巢
四十里的山路上我寻下个谁

战士们就都沸腾了，跟着喊：到底寻下个谁啊。

这时候，班长排长就会拿红柳条假装抽他们的屁股说："一群懒骨头，吃饱喝足了吧，快下地干活去。"于是大伙一哄而散。

那时候，母亲走到哪儿，她就是哪儿的焦点、核心。

四

母亲有一张年轻时的黑白照片，那上面母亲长发及腰，面如桃花，美若天仙。时间真是一面残酷的镜子，时隔六十多年，我从母亲的身上已经找不到她昔日容貌的点滴痕迹了。那些最美的时光，只浓缩成了一张发黄的黑白照片，面对这张照片，再看看现在的母亲，让我只能感慨伤感了。

据说，这张照片就是当初部队连部的一个文书给母亲拍的。那个文书是个南方人，皮肤白皙，一笑脸上还会露出两个小酒窝。在那个年月里，他是农场屈指可数的文化人，能写会画，还会拉手风琴。好几次部队和农场搞联欢，都是他拉着手风琴给母亲伴奏。母亲因为没有上过学，反而对文化人有种说不出的崇拜和喜欢。从文书那里，母亲知道了许多农场以外的事，知道了有一种东西叫精神，它不论人的高低贵贱，只存在于高贵的心灵里，知道了什么叫艺术、文化。其实母亲骨子里是个心气很高的人，那时候有多少媒人上门提亲，母亲连看都不看，唯独对这个文书，母亲愿意听他说话，听他讲书里的故事，听他大声诵读那些叫诗的滚烫句子。后来，因为他们俩走得很近，据说那个文书还受到了连部领导的批评，因为部队是严禁战士和驻地姑娘谈恋爱的。

文书复员前曾对母亲说，如果母亲愿意，他要带着母亲一起去南方。母亲说："要带我走，你就明媒正娶地来娶我。"后来那个文书走了，再也没有回来。听说在他的老家，父亲早就给他定下了一门亲事，等他一复员，家人就逼着他结了婚。母亲听说这个消息后，一个人跑到场部的理发店，把一头的秀发剪到齐耳。没人知道她那一刻内心有多苦，只是从那以后，母亲再也不在大家面前唱歌了。我听过母亲唱的花儿，还都是在我很小的时候，偶尔在明月高悬的晚上，我搬张凳子坐在母亲身边，母亲一边洗着衣物，一边轻声哼唱。唱完，她总是脸一红，那神情似乎又回到了十八九岁。

从我记事的时候起，父亲就常说："咱闺女跟她妈简直一个模子刻出来的。"我那时并不知道母亲年轻时的样子，也许是因为这个原因，我似乎在家里特别受宠。从小到大，没有挨过父亲一次打骂。小时候大哥和弟弟想要点零花钱，总是逼着我向父亲要，而父亲也从来没有拒绝过我。

父亲去世后，我们四个儿女一商量，就把母亲接到了城里，轮流在大哥、姐姐和我家里住，母亲似乎更喜欢我这里，所以在我家里住的时间总要长些。后来，大哥腰受了伤，姐姐换了小房子，尤其是我离婚以后，母亲干脆就和我一起住了。

我在建设局下属的乡镇管理中心工作，经常要到乡镇去做诸如统计农田、测量民房之类的工作。对这份工作说不上喜欢，只是每次下乡镇的时候，有种说不出的亲切和轻松。一走进广阔的田间，闻着青草和麦粒发出的味道，顿时觉得呼吸都畅快了许多。我无数次想象能有一片大大的院子，院子里种满了鲜花绿草，紫藤攀过院墙倒挂在墙头上，丁香和鼠尾草挤满了屋前屋后。我每天忙完工作和家务，可以坐在院子里的紫藤架下，静静地读几页书，或是听一段音乐。我把这个念头说给母亲，母亲打趣地对我说："那我们搬回农场去吧，那几排老房子应该还在，院子里想种啥都行。妈眼睛虽然看不清了，每天能闻闻花香也好啊。"

母亲并不知道，搬离农场的这些年，农场发生了多大的变化。很多人都搬到了城里，农场的房子大都空了。我有一次下乡路过农场，顺便去看了看我家的老房子。那是个中午，强烈的阳光照得地面都有些发烫。穿过一条窄窄的巷子，巷子尽头是一片倒塌了的土坯房子，废墟旁边，就是我曾经的家。趟过一段长满荒草的小路走进去，院门上的锁早已掉落，轻轻一推，院门在一串吱呀呀的响声中打开。院子里的荒草没过膝盖，几株不知名的野草沿着屋门攀援上升，将屋门装点得如童话般奇妙。我在院子里驻立良久，却找不回一点记忆中的样子。我只在院子的一角翻出了一只竹篮，我还记得那时它是高高地悬挂在屋子的房梁上，里面装着馒头、鸡蛋，放在那里防备老鼠偷吃。站在这个几近倾颓的院子里，我忽然感到一种莫明的恐慌，仿佛眼前的几间平房和院墙瞬间就会倒下，将我埋葬在里面。

我带走了那只竹篮，那里面装着我关于童年的所有记忆。

五

丁学财打电话说："快下楼，看看我给咱妈买了个啥。"我很不习惯他这样称呼，好像我跟他真成了一家人。我下楼对他说："别咱妈咱妈的，那是我妈，你叫姨就行。"丁学财嘻嘻哈哈地说："反正在我心里那就是咱妈。"他打开汽车后备箱，里面放着一架轮椅。他摸着轮椅说："咋样，我这个干儿子还算有心吧。"我不置可否，但想着妈要是有了这个轮椅，闲了我可以推着她到处走走，散散心，倒也是件好事。丁学财说，他今天没事，不如拉着老妈出去转转，去农场看看。我瞪了他一眼，他赶紧改口说："对，是姨，我叫姨行了吧。"我这才上楼跟母亲说，要带她去看看农场的老房子。母亲很高兴，认真地收拾了一番，那是亲戚家里有大事时她才刻意穿的装束。母亲上车时，对丁学财说："麻烦你了。"又回头对我说："你把汽油钱给出上，不能让娃白辛苦。"丁学财急了，说："您老人家这是咋说的，啥油钱的，这不是打我的脸吗。"我对母亲说，人家现在是大老板，不在乎那点钱。母亲还是不踏实，她说麻烦人家了就要补点情，不然白吃白喝就不象话了。我知道这是母亲的秉性，不愿意白受别人的好处，就假意答应，母亲这才安安稳稳地上了车。

　　来到农场，母亲一下车，几个昔日的老邻居就迎了过来。母亲眼睛看不清，只能听我介绍，才能认出眼前的老邻居。老人们在一起，总有说不完的话，在他们说话的时候，我就和丁学财在我家的老房子跟前转。丁学财说，这一片很快就要建一个大型的别墅区了，这些老房子都要折掉。我问他怎么知道得这么清楚。丁学财不无自豪地说，这个项目就是他开发的。我说那些还住在这里的人怎么办，丁学财说那还不好办，给他们在别的地方盖个小区。我又问那要是有人不愿意搬走呢，他说怎么可能，用这样的破土房子换一套楼房，这些人还不美死了，哪能不搬。再说了，土地他已经批下来了，到时候施工的机器一开进来，不搬都不行。我就不说话了。母亲来看房子的时候，我心里就有种说不出的悲伤。母亲在这里住了一辈子，她摸过那段低矮的院墙，那快要倒下的旧门板，甚至那几棵老树，几块石头时，我知道她是在跟它们告别，这可能是她最后一次看到自己的老房子了。母亲曾经说过，在临走之前，要是能在老房子里再住上一晚，那就美气了。可惜，这个愿望无法实现了。

　　回来后，我把农场即将发生变迁的事告诉了母亲，母亲就久久不说话。临了，她嘟囔了一句："当年的那块饼喂狗了。"这是母亲对丁学财的最强烈的不满，也是她对即将失去的老房子最真实的抗议和最深沉的不舍了。

一步登天

黄梁县是北方一座很小的县城，它静卧在群山环抱中，如同一个婴儿，头发稀疏，发育不良。县城广场上的露天舞台上，正在演出话剧，音乐声中，坐在台下的人不时笑着。卖零食的穿梭在人群中，不时有家庭妇女喊着家里孩子和男人的名字，揪着孩子的耳朵往家里拉。充满生活气息的小城，在夜晚的灯光下，本身就是一台热热闹闹的大戏。

少年王大力穿梭在人群中，躲开家人的追赶，蹲在一个角落，静静地看着台上的演出。

曲终人散，台下狼藉一片。少年王大力还坐在原地，望着空空的舞台发呆。忽然，一张脸出现在他眼前。

"快回家去，别妨碍我打扫卫生。"

王大力扭头就跑，边跑边回头看，那个打扫广场的清洁工的影子就深深地印在了少年王大力的脑子里。

一

黄梁县话剧团的牌子油漆斑驳，几个骑自行车的人在门前匆匆而过。一个青年男子衣着整齐地站在门口，踌躇满志地望着这块牌子，然后，昂首向大门走去。

刚到门口，远处有人在喊："大力，王大力，还磨蹭啥，快，你看都几点了。"

王大力紧跑两步讪讪答道："哎，刘主任，这不是来了吗？"

刘主任着急地对他说："快，赶紧把剧场打扫一下，团长和导演马上就到了。"

"哎，马上，马上。"

"我说你一个清洁工，穿得这么周吴郑王的，这还像个干活的样吗？"

王大力拉主任衣袖，笑嘻嘻地说："主任，别这么大声叫好不好，这儿人多。"

刘主任偏不听他的，嗓门依然很高亢："人多怎么了，清洁工又不丢人。你不当清洁工，难道还想当演员啊。"

两人边说边向剧场走去。

生活就这么充满戏剧性，对每个人来说，儿时的梦想成真，都是一件幸福的事。只是对王大力来说，这个梦想实现的过程中，似乎在哪儿出现了点偏差。

剧场的灰墙斑斑驳驳，剧场里光线昏暗，只有几扇大窗户里射进几束强烈的光，在剧场中央投出几块方方的光来。舞台上，几个演员正在压腿，活动身体，另外几个在一旁悄声议论。

黄志洪是剧场里年龄、资历都较老的演员，他和姜雪燕算得上是剧团的台柱子。不过两个人对剧团的前景都抱着十分悲观的心态。

黄志洪问姜雪燕："听说团长给咱请来了个什么名导？"

姜雪燕懒懒地说："得了吧，就咱这破剧团，请来观音菩萨也别想起死回生。"

"死了好，大家早点散伙，还能早谋个出路呢。"

"哎，我说你这口气，怎么越听越像《西游记》里的猪八戒呢，动不动就散伙分行李的。"

一旁正在压腿的陈安生凑过来说："就是，你和雪姐可都是咱这团里的角儿，是名人，真散了伙，你们是不愁出路，我们这些人可就惨了。"

姜雪燕："得了吧，你不是早就当起婚礼司仪了吗，哎，上次我朋友的女儿结婚，是你主持的吧，钱没少挣吧。"

陈安生讪讪一笑："还不是为了养家糊口，指望团里那点工资，这辈子连媳妇都娶不上。"

黄志洪略带神秘地说："小陈，你这就对了，早作打算早好。反正我是想好了，剧团要是再没起色，我就出去接片拍电影去。有好几个剧组找我呢，就是片酬太低，一天不到两千块，丢不起那人。"

陈安生惊讶道："哟，那您带我去呀，一天两千块，这么好的事我咋就摊不上呢。"

黄志洪尴尬地摆手："再说，再说。"

姜雪燕不屑地扭过脸去。

这时，李琪挤过来推了他们一把："团长来了。"几个人赶紧装起练功的样子。

这时，就见团长赵普领着几个人走上舞台。

刘主任往前紧赶几步说："大家静一静，来来，往这儿聚一聚，欢迎团长和著名导演前来视察。鼓掌。"

众人稀稀拉拉的掌声。

赵普上前，示意大家安静，缓缓说："大家辛苦了，啊，这个，下面我先荣幸地为大家介绍著名导演王导，王树新。欢迎王导。"

王导戴着墨镜，不以为然地跟大家招了招手。

赵普说："王导可是一名大导演，人家导演的那可都是大剧团，大剧目，在国内获过很多大奖……"

这时，王导凑到团长耳朵边说："还有国际的。"

赵普赶紧纠正："啊，噢噢，对，还有国际的，总之是著名导演。这次呢，能亲临我们这个小县城的话剧团来指导工作，这是我们莫大的荣幸。"

姜雪燕私下里跟陈安生说悄悄话："荣幸个屁，听说是花大价钱请来的，不为钱，人家能来？"

陈安生说："雪姐，我就佩服你这个性，敢于直言。"

黄志洪也搭腔道："著名导演？我怎么就没听说过？"

陈安生说："洪哥，这人不会跟那个方鸿渐一样，是从什么史来登大学买回来的假文凭吧。"

众人窃笑。

赵普接着说："这个文化事业嘛，当然离不开王导这个的有识之士的领导。别看我们这个剧团小，也没有什么值得骄傲的成绩，不过那都是以前了。现在，有了王导的加盟，我相信，我们一定能打一个漂亮的翻身仗，把我们县的文化事业搞上去。"

王大力在台下一边扫着地，一边听着台上的谈话。

赵普："下面，我们有请王导给我们讲两句，大家热烈欢迎。"

掌声依然还是稀稀拉拉。

王树新客气了一下，清了清嗓子正准备讲话，大概是感到空气中有灰尘，满脸鄙夷地用手中的手绢在面前扇了扇。

团长环视四周，看到王大力正在扫地。赶紧严厉地指着他："那个谁，别扫了，别扫了，这时候扫地，乱弹琴。"

刘主任赶紧招手示意王大力停下，王大力就呆呆地站在那里。

王树新说："各位同仁，一般来说，这样的小剧团我是不接的。大家都知道嘛，档期排得很满。很多都是高价请我去，几十人的剧团，排戏很累，真的很累。但是我们是从事艺术事业的嘛，总要有一种情怀，不能只想着钱。"

姜雪燕在人群里嗤之以鼻。

陈安生接话道："对，不能只想着钱，要名利双收。"

众人窃笑。

王树新一脸正色道："大家不要笑，你们不理解，一个搞艺术的人站在一种高度上，其实是很孤独的。比如我。我就时常感到孤独。"

姜雪燕悄悄说："矫情！"

王树新："我时常想起我小的时候，那时候，家里很穷，买不起票，只能偷偷溜进剧场看戏。我那时候最大的梦想，就是有一天站在舞台上，演一出自己的戏。"

王大力在台下听着，脑海里闪现着自己小时候看戏的经历，仿佛王导说的就是他自己。

王树新忽然眼睛死死地盯着姜雪燕："别动。"

姜雪燕吓了一跳，其他人也不知所措。

王树新凑近姜雪燕，脸几乎挨到她的脸上，姜雪燕尽力地向后躲着。

王树新牵着姜雪燕的手，深情地："对，就是这种眼神，这就是梦想的眼神。太美了，真是太美了。梦想的颜色简直太美了。"

黄志洪低声骂了句："流氓！"

王树新牵着姜雪燕走到舞台中央："就是这种对梦想的追求，让我推掉了好几个大剧团的演出，把我吸引到了这里。我要带着你们，一起去追逐梦想，"

赵普等人带头鼓掌："太感人了，太感人了，不愧是大艺术家，每句话都像诗一样。王导，我们剧团的生死，就交给你了。"

王树新摆摆手说："好说，好说。"

姜雪燕使劲甩掉了被王导拉着的手。

众人都走了，舞台上空空的。王大力战战兢兢站在舞台中央，一束孤独的光打在他身上，他学着王导的样子，嘴里学着王导的词，轻声说着："一起去，追逐梦想……"他已经完全沉浸在自己的世界里了。

台后传来刘主任的声音："王大力，赶紧把灯关了，费电。"

王大力从梦中惊醒，赶紧走到台侧，关掉灯。

二

县城不大，甜妞小吃店就坐落在县城正中的大街上。店里人不多，妞子正在店内收拾桌子，母亲郑阿姨在后厨忙活，王大力从外面走了进来。

看到妞子，王大力向她招招手："妞子，妞子。"

妞子抬头看到他，赶紧跑上来："大力，你怎么来了，吃了没，快坐下我给你弄碗吃的，看你这一头汗。"

王大力拉着她的手："别光吃呀吃的，你听我说。今天我们剧团来了个大导演，瞧人家那气质。"王大力说着就在原地学着王导的话比画起来。

妞子看着他开心地笑着："看你，感觉你比那导演还兴奋。"

"你信不信，总有一天，我也要当这样的大导演，导一出最好的戏给大家看。"王大力说这话的时候，脸上莫名地显现出一层光芒。

妞子说："我信，我信，你说什么我都信。"

背后传来母亲郑阿姨的声音："我不信。"郑阿姨走过来把一碗面放在桌上："我说大力啊，你放着好好的工作不干，偏要到剧场干那个临时工。我可告诉你，钱攒不够，你别想娶我的宝贝女儿。"

王大力和妞子一吐舌头。

王大力低头吃饭，妞子坐在对面低声说："等你当了导演，我能上台演一个角色不？"

王大力边吃边说："能，有啥不能，那还不是我一句话的事。就是你妈不能上台，谁让她老嫌弃我。"

妞子说："那我妈不还给你饭吃了吗？"

王大力认真地想了想："那，就让她演个送饭的吧。"

两人伏身咯咯笑着。

吃过饭，王大力打了个招呼就往县城公园里跑。公园里，赵洁如正在给一帮中年妇女教舞蹈，冯仕伦坐在一旁的凳子上，两只眼睛直直地瞧着赵洁如。

王大力骑着自行车来到他身后停下来，冯仕伦竟然毫无知觉。王大力用手在他的眼前晃了晃，冯仕伦才回过神来。

"捣什么乱，一边去。"

王大力指着地上说："老师，你看啥掉地上了？"

冯仕伦在面前的地上搜索："啥？"

王大力先坐在冯仕伦旁边，喘口气才说："眼珠子。还是一对，都快掉地上了。"

冯仕伦推了他一把："胡说什么呢，跟老师没个正形。"

冯仕伦是王大力的中学老师，现在已经退休了。爱人多年前去世，单身多年的冯仕伦闲来无事就在广场跟一群老太太们跳跳广场舞，渐渐喜欢上了领舞的赵洁如。赵洁如是从县税务局退休的，也是单身一人，追求她的人可不只冯仕伦一人。

王大力说："老师，我说你就大大方方把赵阿姨娶进门不得了，瞧你，天天盯着人家，跟狗仔队似的。"

冯仕伦两手一摊："我，我怎么就说不出口呢?"

王大力说："要不，我帮你说说?"

冯仕伦疑惑地望望他："你? 行吗?"

王大力说："哟，还瞧不上我。那得了，反正我喝谁的喜酒都是喝，隔壁陈大爷都求我好几回了。"

王大力作势要走，冯仕伦一把把他拽住："哎哎，坐下。白教你那么多年了，关键时候，胳膊肘还往外拐了。"

王大力重新坐下，冯仕伦："说吧，找我又有什么事?"

王大力说："还真让您说着了。您看，我现在在话剧团上班了，我那间办公室墙上想挂幅字，这不，求您的字来了。"

冯仕伦不屑地看看他："说得好听，我那字就那么好求啊。再说了，你在剧团就是一个勤杂工，你挂什么字呐，还办公室，你说的是储藏室吧。"

王大力不高兴了："勤杂工怎么了，又不丢人。你要不写算了，我找隔壁陈大爷写去。"

冯仕伦一把拉住他："回来。陈大爷，他那字能跟我比吗? 字我可以写，以后离陈大爷远点。"

王大力笑嘻嘻地答应："行，没问题。"

冯仕伦想了想："可是，这写什么字呢?"

王大力掏出一个字条递给他："就写这个吧。"然后喊了一声，"赵阿姨"，赵洁如答应一声回过头来，王大力走上去，一群老太太都围上来，看得出她们都很喜欢王大力。

冯仕伦看了看不远处在人群中谈笑的王大力，嘟囔一句："这小子，女人缘比我好。"又看了一眼手中的字条，上面写着"有志者事竟成"。

很快，冯仕伦就把字给王大力写好了，还给他裱成了卷轴，方便悬挂。王大力恭恭敬敬地把冯仕伦写的字挂在自己的工作间里，他端立在字的正前方，认真地看着这幅字，嘴角翕动着，情绪激动。一手握拳，用力地握在胸前。他仿佛看到了自己站在舞台上，指挥着团里的演员正在排练。

正沉浸在这种情绪中，外面刘主任的声音不耐烦地喊起来："王大力，王大力，开灯，把灯打开。"

王大力大声答应一声，赶紧收拾东西出门，关门时，还深情地看了一眼那幅字。

门咣的一声关上了，墙上了字受到震动，晃了几下，哗啦一下倾斜下来。

三

剧场里，演员东一个西一个地坐在舞台前的几排座位上，刘主任、王树新和王树新的助理刘美丽站在舞台上，准备给大家讲话。

刘主任说："大家静一静啊，静一静，人都到齐了吗？咦？姜雪燕怎么没来？"

陈安生说："主任，雪姐人家那是角儿，哪能跟咱们一样按时按点来呢。"

众人哄笑起来。

刘主任说："什么角儿不角儿的，人家王导都来了，还摆什么架子嘛？"

正说着，姜雪燕从侧门进来了。

姜雪燕说："哟，主任，您这是说我呢？我们这个县剧团的小演员，哪敢在大导演面前摆架子。不过女人出门嘛，当然要麻烦点，不收拾收拾，不是让人家王大导演把我们都当成乡下人了吗？"

众人一看，姜雪燕果然是打扮得十分妖艳。

王树新就上前制止刘主任："不着急不着急。姜小姐这么在意形象，这也是一个艺术家应该具备的素养吗。姜小姐，请坐，请坐。"

姜雪燕入座。陈安生从后面探头过去说："雪姐，你打扮成这样，准备勾引谁呢？"

姜雪燕推他一把："去，狗嘴里吐不出象牙来。"

刘主任在台上说："好了，从今天开始，我们的新戏就要正式开始排练了。大家都知道，我们王导的时间很紧，这次呢，又是专程挤出时间来给我们排戏，机会非常难得呀。所以呢，大家要有时间观念，要集中精力，拿出我们剧团最好的艺术素养来。一定要把这出戏排练好，为我们剧团打一个翻身仗。我呢，就不啰嗦了，下面请王导讲话。"

众人稀稀拉拉鼓掌。

王树新振振有词地说："各位同仁，各位兄弟姐妹。著名戏剧家萧伯纳曾经说过'伟大的艺术的产生，从来不是为了艺术本身。'搞艺术这么多年，我对此深有同感。艺术是什么？艺术就是生活，是精致化了的生活。比如我们每天起床洗脸梳头，但是，有几个人能把这件事做到艺术的高度呢？很少，很少。很高兴的是，我今天就在你们中看到了一个，姜雪燕小姐。"

大家都目光齐刷刷地看着姜雪燕。

黄志洪不满地悄声对她说:"你说这洗脸梳头都是艺术了,那你要是洗澡不得是艺术精品了?"

姜雪燕嗔道:"一边去。"

陈安生说:"人家王导说的是行为艺术。"

众人哄笑。姜雪燕脸红了。

坐在后排阴暗中的王大力却认真地听着王导的讲话,并认真地一笔一画地把他的话记在本子上。

王树新接着在台上演讲:"这种对生活认真的态度,其实就是对艺术认真的态度。所以,我能肯定地断言,接下来的这段时间,我和诸位会相处得非常愉快。我们会在排戏的过程中,结下深厚的情义。"

说这话的时候,黄志洪碰了一下姜雪燕:"凭我多年的直觉,王导这话是对着你一个人说的。"

姜雪燕白了他一眼,没理他。

王树新:"临来之前呢,团长也把剧团的情况跟我简单作了介绍。你们面临的困难我是理解的,也是清楚的。毕竟,我们这个地方实在是——太偏僻,太落后了。艺术的诞生离不开肥沃的土壤,离不开一大批懂得欣赏艺术的观众。而这些,这里显然都不会有。"

王导做了个摊手的动作。众人面面相觑,被王导这番话弄懵了。

另外几个演员在窃窃私语。安然和白玫是剧团里最年轻的一对,安然也一直在追白玫,但白玫似乎对他并不在意。安然对白玫说:"果然是大导演,见识就是不一样。我早就跟我说了,在这里,靠演戏别想搞出点名堂。"

白玫瞥了他一眼:"你的意思,这里都是不懂艺术的人呗。"

安然赶紧赔理:"不包括你,不包括你。"

王树新:"但是,我们的艺术,绝不能因为没人欣赏,就降低了品

126

味，降低了层次。所以，我决定，把经典歌剧《卡门》搬上舞台，用话剧的形式，给这里的人来一场灵魂深处的涤荡。要让高雅的艺术，像雷电一样击中每一个人的脑袋。艺术家不但要创造艺术，还要改良艺术生存的土壤。要在人的脑袋里耕种，开垦，让荒芜的脑袋生长出花朵。"

身边的刘美丽带着鼓掌。刘主任也说："太好了，说得太好了，就像诗一样。"

剧场后面，王大力听得如雷灌顶，手里的笔吧嗒一下掉在了地上。座位上的众人却都听得傻了。

王树得意地继续说："大家可能会感到吃惊，因为这些观点你们从别的地方是听不到的。这也是我多年从事艺术工作的一点心得，在这里与大家分享。美丽，把剧本给大家发一下。"

刘美丽下台，分发剧本。发到姜雪燕面前时，故意把剧本掉在了地上。姜雪燕看出刘美丽的不满，却不知道为什么。

黄志洪一旁拱火："还不明白，遇上情敌了。"

姜雪燕又白了他一眼。

安然翻着剧本兴奋地向一旁的白玫道："白玫，我咋觉得我演艺事业的春天来了呢。你看我这形象，气质，演这个唐·何塞多合适。你呢，演卡门最合适，咱俩正好一对。"

白玫说："我怎么没看出来呢？"

安然："这不明摆着吗？"

白玫不理他。

黄志洪对姜雪燕："听见没，听见没，有人要抢你的角儿了。"

姜雪燕道："爱谁演谁演，我还没兴趣呢。"

安然伸过脑袋对黄志洪和姜雪燕道："没办法，王导这角色设置得太年轻，不是我说啊，咱们团里，能演这两个角色的，也就我和白玫了。玫，你说是吧？"

陈安生道："哟，这么早把角色都分了。那你看给我分个路人甲什么的呗，我倒不嫌弃，有工资就行。"

王树新摆摆手说："好了好了，看得出来，大家很兴奋吗。大家先不要讨论了，剧本先拿回去熟悉熟悉。至于这个角色的分配吗，我还要考虑考虑，当然，也要和大家熟悉一下，对大家有了深入的了解之后呢，再作出分配。"

王导说这话的时候，对姜雪燕意味深长地看了一眼。

姜雪燕装作看剧本，把脸遮住了。

众人散场，王大力打扫卫生时，发现椅子下面有一份剧本，赶紧拿了起来，用袖子抚去上面的灰尘。

四

王大力手里拿着那份剧本，兴冲冲地跑进甜妞小吃店。

"妞子，妞子。"

妞子放下手里的活："啥事，看把你高兴的。"

王大力神秘地把剧本递给妞子："看看吧，我们剧团要拍新戏了。导演说了，这可是全世界都有名的戏呢。"

妞子拿过剧本："卡门？这是什么门？我咋都没听说过。"

王大力不屑地一把抢过剧本："还什么门，那是个人名。难怪人家王导说咱们这儿没有艺术的土壤，诞生不了高雅的艺术。"

妞子并不生气："你懂呀，那你讲给我听吗。我就爱听你讲故事。"

王大力说："去，先给我弄碗水去，瞧把我渴的。"

妞子端了碗水来，王大力咣咣喝了几大口。拿起剧本对妞子说："有一个大剧作家叫比才你知道不？"

妞子摇了摇头。

王大力："那歌剧呢？"

妞子还是摇了摇头。

王大力说："算了，我还是找冯老师去说吧。"

王大力转身出门。郑婶从后面出来对妞子说："哎，那不是大力吗？奇怪，他平时赶上饭点一顿都不落，今天怎么不吃饭就跑了。"

妞子说："哎呀妈，人家不就吃你几顿饭吗，瞧你，挂在嘴上了。大力可不是一般的人，将来呀，准能成个艺术家。"

郑婶撇撇嘴说："艺术家？哼，没看出来。将来他别打光棍就行。快，洗碗去。"

妞子带着甜甜的憧憬，蹦蹦跳跳地跑进了后厨。

郑婶看着她的背影骂了句："一对小神经病。"

冯仕伦的家在县城的东北角，王大力骑着自行车满头大汗地来到他家小区，站在他家门前用力敲门。

冯仕伦在屋里喊："行了行了，门都让你敲破了。"

冯仕伦一开门，王大力就挤进来。

冯仕伦："哎，我说你，跟打慌的兔子似的，有啥急事啊？"

王大力扬起手中的剧本："卡门，卡门。"

冯仕伦一把夺过剧本看了两眼："噢，剧团要拍《卡门》，好啊。你演呐？"

王大力说："我哪演得了。"

冯仕伦把剧本往桌上一扔："演不了你咋呼个啥。"

王大力说："这可是我跟真正的艺术最接近的一次，当然兴奋了。

你不知道，那个新来的王导，人家那水平，太高了。你听人家那讲话。"

王大力起身，学着王导讲话的腔调：我决定，把经典歌剧《卡门》搬上舞台，用话剧的形式，给这里的人来一场灵魂深处的涤荡。要让高雅的艺术，像雷电一样击中每一个人的脑袋。

冯仕伦说："这都是那个王导说的？"

王大力："嗯。"

冯仕伦："瞎扯。离开土壤的艺术，那都不叫艺术。"

王大力："对呀对呀，人家王导就是这么说的，他还说了，咱们这里就是缺乏这个土壤，没人懂真正的艺术，所以剧团的演出都没人看。就刚才，我给妞子看这剧本，她还问我卡门是什么门，你说可笑不。"

冯仕伦："可笑吗？我觉得你比他更可笑。就你们那个剧团，编的戏老掉牙了，谁看，我都不看。弄个《卡门》就充高雅艺术了，那观众要是都看不懂，他们演给谁看。不是我说，就你们这个王导刚才说的那些话，我就不爱听。我们这儿怎么就没人懂真正的艺术了，他们弄出来真正让我们爱看的艺术了吗？"

王大力当时就懵了："你是说，这个戏不好？"

冯仕伦："不是戏不好，是人不好。算了，我跟你也说不清，我去给你赵阿姨占位置去了。"

王大力拉住他："等等，你再给我讲讲，我怎么越听越糊涂了。"
两人边往外走边说话。

冯仕伦："能不糊涂吗，你一个清洁工，操心剧团编剧这事，我说你呀，把地扫干净了就不糊涂了。"

王大力："嘿，清洁工怎么了，清洁工就不能有点梦想了。"

冯仕伦："噢，好好，你追求你的梦想，我追求我的梦想，咱俩互不干涉。哟，我得快走了，晚了你赵阿姨的衣服没人看了。"

王大力：“你这都追了多少年了，现在才轮上给赵阿姨看衣服啊。我看啊，在追求梦想的路上，你比我这个清洁工也强不到哪去。”

冯仕伦：“嘿，我这是什么，我这是绅士，懂吗。”

王大力：“懂，哟，前面那人怎么看着像陈大爷？”

冯仕伦：“啊？快点，别让老陈头抢先了。”

王大力哈哈大笑：“哎，你慢点啊，绅士风度。”

晚上，王大力躺在床上，两手举着手机正在跟妞子视频聊天。

王大力说：“妞子，请你去吃大餐和请你去看戏，这两个你选哪个？”

妞子说：“啊，这么大方啊，你有钱了？”

王大力：“先别管钱，假设，懂吗，假设请你，选哪个？”

妞子说：“噢，那我都选，反正跟你在一起我就开心。”

王大力说：“只能选一个。快选。”

妞子幸福地笑着说：“那——哪个钱少我选哪个。”

王大力气得手一抖，手机砸在了脸上。

妞子说：“哟，砸痛了没，看你，就不能坐着说话。”

王大力：“算了，那我再问你一个问题。你觉得我能成为一个艺术家吗？象王导那样的人。”

妞子真诚地说：“能呀。你在我心里是最了不起的人物了。”

王大力问：“那你的愿望实现过吗？”

妞子想了想说：“现在还没有。”

王大力懊悔地说：“那完了，我看我什么也成不了，顶多就是个剧团清洁工。”

妞子说：“不会呀，你还有可能当老板呢。告诉你呀，我偷偷存了一笔钱，够咱们俩开一个小店了。”

王大力："哎，那你刚才说我能成为艺术家是骗我的了？"

妞子："我……就是想让你高兴。"

王大力假装开心："呵呵呵，看，我高兴得不得了。"

妞子："那我就放心了。"

关掉视频，王大力望着墙上影星的海报，长叹一声，关掉了灯。

五

清晨，王大力正在打扫院子的卫生，刘美丽气冲冲地急步走了过来，后面跟着王导，边走边喊。

王树新："美丽，美丽，你听我说。"

刘美丽边走边说："你跟那婊子慢慢说吧。"

王树新："美丽，不要那么粗俗嘛，我们只是在探讨艺术。"

刘美丽："嫌我粗俗了，啊？那好，我正好给别人让路。"

王树新："美丽，你听我说嘛。"

恰好经过王大力身边，王大力假装低头扫地。王导故作镇定放慢了脚步，走出不远，又紧赶着追刘美丽去了。留下王大力莫名其妙地望着他俩的背影。

不一会儿，剧团成员都坐在台下。

黄志洪问坐在身边的姜雪燕："听说昨晚王导找你了？"

姜雪燕正在拿着手机当镜子照，头也不回地说："哟，你个大男人，什么时候开始这么八卦了。"

黄志洪："看，被人说中就急了，典型的狗急跳墙嘛。"

姜雪燕把手机一收，怒气冲冲地说："姓黄的，说话客气点。"

黄志洪："嘿，撒泼也没有，就那么点本事，谁不知道啊。"

姜雪燕正欲还口，安然从后面探身过来。

安然："好了好了，两位都是咱团里的台柱子，注意影响，注意影响。"

黄志洪："得了，充什么好人。这几天你也没少往王导那儿跑吧，拍马屁的功夫了得啊。"

安然："怎么又说到我了，你这人，不可理喻。"

姜雪燕往旁边的椅子挪了挪，不理黄志洪。

安然道："雪姐，别理他，不缺他一个，要不然我跟你搭戏。"

一旁的白玫白了他一眼，安然赶紧坐下。

陈安生也长叹一声："哎，角儿永远都是角儿，不管出了什么丑闻，人家都还是角儿。不像我们，就算跟导演谈戏谈到天亮，也顶多演个路人甲。"

姜雪燕猛一回头，瞪着他说："你说谁呢。连你都敢欺负姑奶奶了，还有没有规矩。"

陈安生毫不示弱："你少跟我谈规矩，要论讲规矩，这剧场里就只有他一个讲规矩的。"

陈安生用手指着正在打扫卫生的王大力，王大力愣愣地望着大家。

其他几个演员也加入争论中，高时宇和李琪几个人把陈安生按住说："少说两句，我们又没招惹你，干吗夹枪带棒地把我们都捎带上挨骂。"

正说着话，王树新进来上台，刘美丽怒气冲冲地站在他身后。

王树新干咳了两声，说："这些天，通过跟大家的充分接触，相信大家对我已经有所了解。我这个人嘛，很平易，不像圈里传的那么不食人间烟火。我常给别人讲，艺术家嘛，不要总是高高在上，要沉到基层去，沉得越深，收获越大。这个，我对大家也有所了解。大家都是坚守艺术这块圣地的信徒，这是显而易见的。所以呢，今天，我们把角色分配一下。"

他伸手向后，示意刘美丽把剧本递给他，但是刘美丽假装没看到，动都没动。王树新不好意思，咳了一声，主动把剧本拿了过来。

"下面我宣布，《卡门》一剧中，卡门由姜雪燕女士饰演。"

众人嘘声四起，姜雪燕有点难为情。

"唐·何赛由——"

他缓缓地看着场下，大家也都盯着他。

"由安然饰演。"

话音未落，黄志洪就哼了一声，大家也表示难以置信，安然做了个手势，表示这个决定无可厚非。

"黄志洪，饰演斗牛士。陈安生，高明宇演土匪；白玫，演酒店老板娘；李琪，饰演卡门的族人。大家熟悉各自角色，明天开始排练。"

王大力在台下听着，看到众人渐渐散去，从怀里掏出剧本，按照刚才王导划分的角色，一个一个投入地表演。演到兴奋处，他骑着扫帚，模仿着龙骑兵的样子，在座位的过道间来回冲杀。

舞台上静静的，剧院内空空的，只有王大力一个人在尽情表演着。

六

赵洁如家卫生间的下水管坏了，赵洁如给冯仕伦打了个电话，冯仕伦就乐颠颠地跑过来了，虽然他根本不会干修水管的活。冯仕伦趴在地上捣鼓了半天也没弄好，还弄了一身的污水。

赵洁如端了杯水过来说："老冯，来，坐下歇会，看把你累的。"

冯仕伦装作满不在乎的样子说："没事，这点活，不累。先放那儿吧。"

赵洁如放下杯子，站在一旁看着冯仕伦修。实在忍不住了才插了句嘴说："要不，我找个家政服务的来修吧。我看你这教了一辈子的书，也干不了这活。"

冯仕伦赶紧说："这点小事，难不住我。你去忙别的吧，你站在这儿我有点紧张。"

赵洁如笑笑说："嗨，见了我你紧张啥。那好吧，我去做饭去了，待会儿就在我这儿吃饭。"

冯仕伦答应了一声，赵洁如一走，冯仕伦赶紧关上门，给王大力打电话。

"大力，大力，你快来一趟你赵阿姨家。"

"哟，什么情况，你在赵阿姨家我去干吗?"

冯仕伦着急地说："嗨，我这快要出丑了。你赵阿姨家的水管坏了，这东西我可修不了，你快来帮忙，对了，带把扳手来。"

王大力一下子明白了："修不了你可以叫家政啊，噢，我知道了，你这是要在赵阿姨面前捞表现啊。"

冯仕伦说："明白了就好，赶紧过来，记着，要给我长足了面子。"

王大力说："行是行，不过——"

冯仕伦急了："不过个屁，快过来，不然以后有事别来求我。"

挂了电话，冯仕伦嘟囔了一句："臭小子，还敢要挟我。"

不一会，门口传来敲门声。

赵洁如打开门："哟，是大力呀。你怎么来了?"

王大力故意向着里屋大声道："赵阿姨，冯老师不是在给您修水管吗，他说少把扳手，让我给他送过来。"

赵洁如会心一笑，悄声说："你是来救他的吧，我看啊，把他可难为坏了。这死老头就是倔，死要面子。你快去吧，不然他可下不来台了。"

王大力嘻嘻笑着说："赵阿姨您可真忍心哪，把冯老师难为坏了你不心疼啊。"

赵洁如："我就是爱看他那个样。快去吧。"

赵洁如故意大声说："那你去帮你冯老师吧，一会一起吃晚饭。"

王大力进了卫生间，冯仕伦如见救星。

王大力："怎么样，我这演技不错吧，我说我天生就是个演员的料你还不信。"

冯仕伦："赶紧修吧，这玩意我还真弄不了。"

王大力蹲下身修水管，冯仕伦把头探出卫生间故意向外大声说："大力啊，把那个扳手递给我，哎，对了对了，就是这样，你看，这不两三下就修好了吗。别看我六十多了，可这点活还难不倒我。"

师生俩一唱一和，不一会水管修好了，这会工夫，赵洁如的晚饭也做好了。冯仕伦和王大力洗了手坐在餐桌旁。

赵洁如："来，你俩辛苦了，尝尝我做的菜，看合口不。"

王大力："赵阿姨，你这手艺没得说。冯老师就惦记着吃您做的饭呢，是吧老师。"

冯仕伦马上成了大红脸，愠怒道："快吃，少说话。"

赵洁如也说："大力，吃饭。"

王大力把筷子往桌上一摆，说："哎呀，你俩这层窗户纸啥时候捅破呀，我都快急死了。你看你俩都这把年纪了，还要拖到啥时候。老师你也是，平时说我一套一套的，见了赵阿姨，怎么一肚子的话就一句也说不出来了。依我看，你俩就赶紧领个证，搬到一起过，相互也有个照应，多好。"

两个人的心思被王大力捅破，一时间两人都难为情了。

赵洁如看看冯仕伦，冯仕伦看看赵洁如，两人噗嗤一下笑了。

冯仕伦一巴掌扇过去："臭小子，你比我还着急。"

王大力："好了，我吃饱了，还要到妞子的店里帮忙去呢。冯老师，赵阿姨，我就只能帮到这里了，接下来，你们俩就好好享受二人世界吧。"

王大力嘻嘻一笑，关门走了。剩下冯仕伦和赵洁如，两个人都有点不自在。

冯仕伦指指门外："这个王大力，说话一直没个谱，别理他。"

赵洁如："噢，没事，我就当他什么也没说。"

冯仕伦急了："啊？那他白说了啊？"

七

新戏已经排练了好几天了，但是大家的状态都不好。尤其是姜雪燕，表演始终过于做作，把一台话剧硬生生演成了样板戏的感觉。休息时间，大家在台上议论纷纷。

白玫："哎，安然，你这唐·何塞当得还挺有滋味的嘛。"

安然："别提了。雪姐这演得什么戏嘛，把我的感觉全带到沟里了。依我说，还是你来演卡门最合适。"

白玫道："哟，那我可不敢，我又不是角儿。"

陈安生不满道："我说安然，你小子安得这是什么心，你让白玫演卡门，这不是把她往火坑里推吗。谁不知道，想演女一号，得先搞定王导。"

黄志洪讥讽道："依我看，这样挺好。中西结合，土洋结合，他就是这个味。"

高明宇说："反正我没几句台词，我无所谓。"

李琪把身上的戏装往下一扔说："这演得什么戏吗，憋屈死人了。"

白玫也接口道："就是，早知这样，还不如排练咱们以前的那几出戏呢。"

黄志洪说："反正你们说啥都没有用，人家王导就看中姜雪燕了，人家觉得好，咱就得演。"

白玫说："那不行。戏拍砸了，导演拿了钱一拍屁股走人了，可我们剧团就毁了。不行，我们得跟团长反映反映。"

李琪附和道："对，我也觉得得把我们的意见说出来，不能让王导这么胡来。"

黄志洪说："要说你们去说啊，我没兴趣。"

安然安慰白玫道："玫，不要冲动嘛。咱们先商量商量再说好吧。"

高明宇说："还商量啥，白玫，我们听你的。找团长去。"

正说着话，团长赵普和王树新、姜雪燕、刘美丽、刘主任几个人从休息间出来进了剧场。

刘主任说："大家注意了，团长来看大家排练了。"众人就懒洋洋地站起身来。

赵普说："这些天大伙辛苦了。我呢，最近工作特别忙，一堆的事都要找我，所以一直没来看望大伙。听王导说，最近排练进行得很顺利，所以今天，我推掉了所有的会议，专门来看大家拍练。大伙继续，继续。"

赵普和王树新等人在台下落座。

赵普说："王导，可以开始了吧。"

王树新站起身，近乎歇斯底里地说："好。各位同仁，拿出你们最好的状态来，要记住，我们是在创造伟大的艺术！艺术！要让每个贫瘠的脑袋里开出花朵!花朵!要用高雅的艺术对这个小城来一次彻底的轰炸!轰炸!"

赵普惊讶地看着王导的表情。灯光亮起。这场戏是唐·何赛发现卡门又去找斗牛士，于是怒火中烧，决定杀了她。

舞台上，黄志洪饰演的斗牛士向姜雪燕饰演的卡门大献殷勤，安然饰演的唐·何赛在一旁偷看，愤怒不已。他带着两名土匪把卡门带回了旅馆，和卡门摊牌。

唐·何赛：噢，卡门，难道你已不再爱我了吗?

卡门：不，何赛，我不再爱你了。我放弃了为自己辩解的权利，只要求你按你的方式来处罚我吧。你可以杀了我，但我，不再和你一起生活了。

唐何·赛：噢，卡门。你难道忘了吗？是你毁了我，为了你，我才沦为土匪强盗，成为杀人犯。现在，你却要离开我。你惹恼了我，我要杀了你。

众土匪：杀，杀，杀。自古红颜多祸水，拔出刀子，不要留情，不要犹豫。

卡门：我扔掉你送我的戒指，我脱掉你送我的披风，我放弃你给我的一切，我只要我的自由。拿去吧，我的生命在你的手上。可我的自由，永远在我的心里。

老板娘：噢，多么悲伤的故事，为什么要发生在我这个惨遭遗弃的小店。快动手吧何赛，我要用我的泪水来洗掉你手上的血水。

卡门族人：去吧卡门，这个狠心的人只能带走你的躯体，可你的心是属于我们族人的。去吧，卡门。

所有人的表演都很僵硬，姜雪燕的表演尤其生硬，念台词都是一副样板腔。这段戏演完，赵普张大了嘴巴看着王树新。王树新却不以为然，起身鼓掌。

王树新："好！非常好！真没想到，在这个地方，能够诞生这样一部伟大的戏剧。我真的太激动了。大家不用感谢我，我只是为艺术做了这么一点点小小的贡献，但是我相信，我们今天的一小步，一定会给这个穷乡僻壤的小县城，带来无上的光荣。"

舞台上的演员们面面相觑，台下的赵普更是摸不着头脑。

赵普拽了拽王导的衣服："这个，导演，我冒昧地打断一下。我实在是没太看懂。这个，演得好吗？"

王树新不以为然道："没看懂？这就对啦。艺术绝不是那么浅显的，如果所有的人都那么懂艺术，那要我们这些艺术家干什么呢？"

赵普："可是，这个戏是要在县里公演的，这么演，观众怎么欣赏？"

王树新有些不耐烦了："团长，您的意思，是质疑我这部戏的艺术品位了？我搞的是艺术，艺术！懂吗？至于别的，那不是我操心的事。"

白玫忍了忍，终于忍不住了，向前走两步说："团长，我们大家都觉得这么演跟观众的距离太大，这让观众怎么看。"

高明宇等几个人附和："就是，艺术也不能脱离观众嘛。都没人看了，那还演给谁看。"

王树新愠怒道："你们讲什么，讲什么？大家代表的是谁，是你们所有人吗？你们对艺术的理解简直让我无法理喻，无知！可笑！"

赵普道："导演，我看，这个大家有意见还是可以提的嘛。"

王树新："他们凭什么有意见，他们能有什么意见。一群见识浅薄之流。我对你们这样的态度表示失望，非常失望。"

黄志洪装作演戏的样子，用戏中角色的口吻说："是啊，你是非常失望，但是你的失望是暂时的。当你揣着你的鼓鼓的钱袋离开这里，留给我们这些可怜的人的，只有更大的失望。噢，卡门。"

陈安生接着他的表演继续道："快把你的失望带走，把希望留给我们吧，噢，卡门。"

众人哄堂大笑。

王树新气得发抖："你们，你们，痞子，流氓，无耻之徒。好，好，团长，你都看到了，这个烂摊子，我不接了，你自己收拾吧。"

赵普说："哎哎——王导，咱们可是签有协议的，我已经付了钱，你可不能说走就走啊？"

众人一听，在台上的起哄声更响了。

王树新恼羞成怒："就你出的那点钱，还好意思提。有多少大剧团请我，你知道吗？我在这里多待一天，要损失多少钱，你赔得起吗？一群土老帽，我没工夫陪你们了。走。"

王树新带着刘美丽转身要走。

赵普大吼一声："你给我站住。"

众人一惊。正在打扫卫生的王大力也惊呆了。

赵普忽然间威风凛凛起来，一字一句地说："说谁土老帽呢，啊！别以为自己混出了点名堂，就可以到处冒充艺术家。你吓唬谁呢，告诉你，就你导的这破玩意儿，我们这随便拉出来一个人，就能导，就算是个扫大街的，也比你导得好。"

众人一听这话，都齐刷刷地看向正在扫地的王大力。王大力也木然在回过身看着大家。

赵普指着王大力："对，就是你。你叫什么名字？"

"王大力。"

"你来团里多长时间了？"

"一个月了。"

赵普问："看过排练没？"

王大力战战兢兢地说："看——看过。"

"行了，就是你了。从现在起，你就是这部戏的导演了。"赵普转向王树新道："我还不信了，离了你这臭鸡蛋，还不做槽子糕了。"他又转身对王大力说："好好干，导好了，我马上给你转正。"

赵普愤然离开。王树新感觉受到了极大的侮辱，一拉刘美丽："咱们走。"

剧场里，只留下在舞台上还没有回过神的演员，和台下呆若木鸡的王大力。

众人散去，剧场里只有王大力一个人。他走上舞台，站在一束光线下。他缓缓转身，感觉偌大的舞台一瞬间都是他自己的了。而台下，仿佛响起了一片的掌声。他学着王导的样子，缓缓抬起手，示意大家安静。然后转身，一手拿着扫帚，对着空空的舞台，想象中指挥着演员们开始表演。

八

王大力把"有志者事竟成"的牌匾扶得端端正正，内心酝酿着激动不已的情绪。正在这时，刘主任的电话来了。

王大力："哎，主任，主任您说。"

"你赶紧准备吧，明天就带着大家排练。"

"主任，我哪儿行啊。"

"哎呀这都乱成一锅粥了，你还瞎推啥。就你了。"

"哎，不是，主任，那我这一摊活——"

"哎呀，现在一时半会也找不到合适的清洁工，这样吧，你先兼着。"

"哎，主任，主任——"

对方已经挂断了电话。王大力呆呆地出了半天神，忽然又兴奋地跳了起来，摔上门跑了出去。

咣的一声，那块"有志者事竟成"的牌子又被震得倾斜下来。

妞子和她妈郑婶正在小店里收拾餐盘，王大力兴冲冲地闯了进来。

郑婶看了他一眼："哟，今天你可来晚了，啥吃的都没有了。"

妞子嗔怪道："哎呀，妈，瞧你说的，你快回去吧，剩下的我来收拾。"

妞子把郑婶推出了门。只剩下王大力和她两个人。

王大力："妞子，你猜，我摊上啥好事了？说了你都不信。"

"啥事？你扫地的时候捡着钱了？"

"就知道钱。"

"那还能有啥好事啊？"

"连你也瞧不起我，跟你妈一个口气。我就不能有别的好事啊，我就不能当个导演什么的？"

"那你到底是啥好事吗？"

"不是告诉你了，我就要当导演了。"

"噢。"

"再没了？"

妞子眨眨眼问："啥？"

王大力说："就一句'噢'？"

妞子回过神来，以一种过分惊喜的神情，大声说："噢——"

王大力无奈地低下头。他用了半个多小时，把今天发生的所有过程讲了一遍，才终于让妞子相信了自己。晚上，妞子和王大力一起去他家，翻箱倒柜给王大力找衣服。王大力坐在一旁发呆。

"你说，这导演得穿啥衣服呢？我看那个王导，人家穿得可是西装，风衣，还戴着墨镜，对了，还叼着一个大烟斗。"

妞子说："大力，你要是穿上他那身衣服，一准比他还牛。"

"可是，我上哪儿去找那样的衣服去。"

妞子凑过来，悄悄地说："大力，我这儿有钱，要不，咱去买一身吧。"

"我都打听过了，那一身衣服可贵了。花那个钱，我心痛。"

"没事，你现在当了导演了，以后准能挣大钱。"

"那倒是。不过，现在也来不及了，明天一早我就得去当导演了，这会商店都关门了。"

妞子说："那要不，你找个合身的衣服，我帮你改改。"

"咋改？"

妞子说："我看人家电视上，那些导演都穿着一身全是兜的衣服，要不，咱们改件那样的衣服？"

王大力一拍脑袋说："对呀，有一回我看我们刘主任就穿着这么一件。我还问他要那么多口袋干什么，好像武侠小说里丐帮的长老。主任说我不懂，这就是导演的范儿。"

妞子问："饭，啥饭？那我现在就到店里做去。"

王大力笑了："人家这个范儿，跟你说的那个不是一回事。"

两人找了一件王大力的衬衣，把袖子剪了，妞子用剪下来的袖子作成口袋。往衣服上缝了四五个，妞子问：够不够？

王大力说："我觉得吧，这口袋越多是不是越有范儿。要不你再多缝几个。"

"哎，听你的。"

妞子一口气缝了七八个，弄得衣服像个面口袋。

"够了吧，再没地方缝了。哎，大力，你说这口袋里还装点啥不？"

"装啊，不装要这些口袋干啥？"

"那装啥？"

王大力想想说："装啥？要不你每个口袋里装支笔？"

妞子笑了："那不成修钢笔的了？要不，我给你装点好吃的吧，你导饿了的时候可以吃点。"

王大力瞧她一眼："瞧你，啥都不懂。我都导演了，还差吃的啊。到时候，我手一伸，秘书就把吃得给我递来了。我再一伸，杯子就递来了，水温还得刚刚好，不能烫嘴，不然我就炒了他。"

两个人哈哈笑着，一起憧憬着美好的未来。

九

舞台上，剧团的演员正在议论纷纷。

安然首先开场："哎呀，这可真是开天辟地头一回，扫大街的成了导演。生活本身比戏剧还精彩啊。"

姜雪燕："瞧那土老帽的样，是当导演的料吗。团长也真是，咱剧团的人又不是死绝了。"

黄志洪："哎，我可不这么看啊。这世上的事它就是这么安排好的，你别看老鼠小，大象大，可这小老鼠就专治大象，为啥？这叫一物降一物。没准，咱那清洁工还就比王导强。"

白玫："就是，反正王导这种导法我看着就不舒服。"

姜雪燕："怎么不舒服了，我觉得挺好的呀。你们呀，是吃惯了中餐，尝不出西餐的好来。人家王导这戏是西洋戏，那感觉能一样吗？"

陈安生说："雪姐，这我可得说说你了。你当然没问题了，又是女一号，又是咱团里的腕儿，你怎么演都行，可你得照顾着我们呀，就你那一句'噢，何赛，我已经不再爱你了'，你让别人怎么接啊。"

黄志洪："大家别吵，别吵。我觉得雪燕说得没错，可能真是我们没吃惯西餐的缘故，没演过西洋戏。哎，我说雪燕，西餐到底啥口味啊？你吃过几回？"

黄志洪的揶揄惹得众人哄笑不已。

正说着，王大力从工作间那边出来，一边扫着地，一边怯生生地向台上走来。

刘主任上前一把把他手里的扫帚夺过来扔到地上："哎呀，你还扫什么地呀，快上台，大家都在等你呢。"

王大力就这么着被刘主任推上了台，大家一看他的装束，全乐了。他头上戴着顶帽子，身上穿着百衲衣似的背心，一只口袋上还挂着一个很古老的墨镜，那是妞子偷偷拿她爸爸的石头墨镜。

刘主任把他拉到大家面前说："我现在郑重宣布，王大力同志今天起就正式担任我们这出戏的导演了。这是团里作出的决定，希望大家要积极拥护。王大力同志呢，虽然只是一名清洁工，但是，他对戏剧有着特殊的热爱，他放弃了很多工作机会，就是为了到我们团里来——当了一名清洁工。这种精神，就很让我们感动嘛。再说了，我们的艺术首先是为人民服务的，那就要接受群众的考验。大家一定要好好配合王大力同志，把这出戏拍好。"

刘主任转身向王大力："大力啊，你给大家说几句吧。"

王大力尽力模仿着王导说话的样子："各位同仁，兄弟我小的时候，家里很穷，买不起票，只能偷偷溜进剧场看戏。我那时候最大的梦想，就是有一天站在舞台上，演一出自己的戏。"

众人全笑了。

陈安生模仿着王树新当初的神态，对姜雪燕说："雪燕，别动，别动啊，咱们的王导马上就要趴在你脸上，看着你的眼睛，然后说，'对，就是这种眼神，太美了，简直太美了，这就是梦想的眼神'。"

众人笑得更响了。

刘主任拍拍王大力的肩膀："大力，好好说话。说点实际的。"

王大力镇定了一下，说："我这人不太会说话，当导演，也不是我想的，可是团长还有刘主任，他们非要我当。大家都是艺术家，我打心里尊重你们。这个导演我也不知道咋当，反正，你们大家好好演戏，有什么需要的，就叫我。"

众人又一阵哄笑。

王大力说："主任，我这么说行不？"

刘主任苦笑了一下："好了好了，大家开始排戏吧。安然，你年纪和大力差不多，在业务上你多帮帮他。"

众人散开准备。白玫看着王大力不知所措，上前对他说："别怕，我们都会帮你的。"

王大力："那我应该干点啥？"

白玫想了想："这样，你就坐在台下看我们演，我们哪里演得你觉得看着不舒服，你就站起来叫停。"

王大力："哎，这行。"

众人又排练上次演的那场戏，姜雪燕刚一念台词，王大力忽然站起来叫停。大伙全愣了。结果王大力怯生生地说："我——去趟厕所，有点紧张，紧张。"

众人哄笑。

等王大力回来，戏接着排练。姜雪燕念完台词，陈安生直接说："雪姐，我觉得你这段台词念得太白了，完全没有投入到角色里嘛。"

姜雪燕："你演得好啊，台词念得跟婚礼司仪一个调。"

安然说："好了好了，我这情绪刚上来，让你们这一搅和，又得酝酿半天。"

黄志洪道："行了，你瞧你演得唐·何赛，跟小白脸似的。人家可是杀人不眨眼的土匪。"

安然说："你别老看着我不顺眼，不就是没让你演男一号吗。这可是人家导演定的。"

黄志洪说："好啊。不过那是前任导演的事了。现在导演都换了，你这男一号是不是也该换换了。"

姜雪燕看看手表说："你们到底还演不演了，我这儿可还有别的事呢。"

黄志洪也猛然说："对呀，我也有事呢，要不，咱们今天就练到这儿，明天再练?"

白玫着急地跺着脚："大力，导演，你倒是说句话呀。"

王大力哆哆嗦嗦地说："我——我觉得演得挺好的。大家要是忙，那就明天再练吧。"

姜雪燕、黄志洪等人一听这话，马上散了。

白玫坐在王大力身边，叹口气说："大力，你这导演可不能这么当，你得说话呀。"

王大力低着头说："我说了，大家也不会听的。"新的一天，没有他想象中当导演的威风、气派，刚刚发生的一切，已经让他筋疲力尽了。

白玫："他们不听，我们听。咱们团好不容易排一出新戏，要是这么毁的，那我们团也就完了。"

高明宇："就是，大力，下回谁不听你的，你就说是团长派你来的。"

李琪："哎，让你当导演，也真是难为你了。要我说呀，没这个金刚钻，就别揽这瓷器活。"

白玫道："行了，别说风凉话了。总比那个王导好吧，关键时刻，咱得帮大力。"

李琪说："你们帮吧，我得先走了。"

众人散尽，王大力走上空空的舞台，在灯光下孤独地站着，一句话不说。巨大的空间仿佛一种无形的压力压向他，他忽然感觉到，这个突然间落在自己头上的导演，也许并不是什么好差事。

十

王大力漫无目的地在公园走着，忽然看到老师冯仕伦正在教赵洁如在地上写书法，周围一群人在围观，王大力一时有了主意。他钻进人群把冯仕伦往外拉。

冯仕伦："放手，放手，你这把我往哪拉啊。"

王大力："老师，跟我赵阿姨好上了，心里美吧。不会把我这个媒人忘了吧?"

冯仕伦："你小子，胡说什么呢。"

王大力："你实话说，没我帮你看着陈大爷，我赵阿姨面前还有你的份? 没我帮你把窗户纸捅破，你敢跟赵阿姨表白?"

冯仕伦笑道："行了，啰里啰唆一大堆，不就是又有事求我吗。说吧，啥事。"

王大力差点给他跪下："哎，老师，这次你要是不救我，我可就

149

死定了。”

王大力把剧团最近的事给冯仕伦讲完。

冯仕伦大笑道：“啊，让你当导演？开玩笑。你们团长的脑子没坏吧？”

王大力：“我也认真考虑过这个问题，我估计，坏了。不过老师，这事你还真得帮我。团长可说了，这次我要是干好了，团长给我转正。”

冯仕伦把手一摆：“关我什么事，我又没什么好处。”

王大力长叹一声：“哎，我一直以为王导那样的人势利，没想到，连你这么有知识有文化德高望重的人，也这么势利。”

冯仕伦：“行啊，小子，当了导演，这拍马屁的功夫也长了。说吧，怎么帮你？”

“老师，您是文化人，剧团那里面的事难不倒您。我就不行了，所以我想——”

“想啥？”

王大力舔着脸说：“想让您给我当个助手。”

冯仕伦霎时不高兴了：“什么？助手，给你？你做梦吧！”

“老师老师，你听我说。我这个导演其实是个假的，我看那个王导有个助手，所以我想，到时候我管喊停，你给他们说怎么排。其实还是您说了算。”

冯仕伦脑袋摇成拨浪鼓一般：“不行不行。我给你当助手，辈分全乱了。”

正说着，赵洁如过来了。

“什么不行啊。大力，冯老师是不是又摆架子了？”

王大力见到救星一般，一把拉住赵洁如：“对呀，师母。我们剧团让我导演一出戏，我请老师帮忙，可他就是不答应。”

赵洁如笑着："拍戏，好事呀。为什么不答应。对了，你要是有合适的角色，给阿姨留一个。"

冯仕伦一旁指点着王大力。

赵洁如说："老冯，大力有事咱得尽力帮啊。你要是没空，我找别人帮他了。"

冯仕伦连忙说："有，有。谁说没有了。不就是个助理吗，我当。"

就这样，王大力把冯仕伦和赵洁如拉进了导演组，和自己绑在了一条船上。

三个人第一天排练，王大力、冯仕伦和赵洁如等人坐在台下，台上稀稀啦啦几个人。

白玫环顾四周问："雪姐今天怎么没来？"

安然说："不但他没来，老黄也没来。我看，这戏也别排了，还是各忙各的吧。"

陈安生："雪姐没来，人家可能是在梳妆，毕竟是新导演上任，作为一个具有艺术修养的艺术家，说不定，这次人家还先洗个澡呢。"

安然道："那老黄呢，他没来，不会是去看洗澡了吧。"

众人大笑。

白玫瞪了安然一眼："别胡说了。都不来排戏，这成什么样子了。"

王大力起身说："别急，我们再等等，再等等。"

正说着话，刘主任从外面进来。他说："不用等了，姜雪燕、黄志洪都给团里请了病假了，估计，一时半会来不了了。"

白玫气道："什么？病了？这病来得可真是时候。主任，你也不管管他们，这哪是有病，明明是在罢演。"

刘主任摇摇头说："我管得了吗？人家那是角儿，团长说了都不一定听。"

151

李琪说："主任，那是不是我们也可以请病假?"

"你们? 休想。管不了他们，我还管不了你们了。团长可是下了死命令了，一个月以后，他来看彩排。到时候要是交不出一台好戏，所有人扣发三个月工资。"

陈安生吐了吐舌头："主任，那姜雪燕、黄志洪他们怎么办?"

"他俩，一样，休病假期间，只发基本工资。大家这下满意了吧。我可告诉你们，从现在起，任何人不得以任何借口不来排戏。大力，你开始吧。哎? 这两位是——"

刘主任指着冯仕伦和赵洁如。

冯仕伦起身说："噢，我呢，是大力的助手，我叫冯仕伦。这位是赵洁如女士。今后呢，我们帮大力一起，给大家提提意见。别看大力只是个清洁工，可他人实在，本分。大力这孩子没当过导演，怕干不好，所以请我们来帮忙。咱们大家一起，把这出戏排好。"

台上人议论纷纷。

"咦，这不是经常在公园里写书法那老头吗? 这老头是哪路神仙，他来帮的什么忙?"

"对啊，你看他旁边那阿姨，经常在广场跳广场舞，我都碰到好几回了。这个王大力，请的这都是什么人物嘛。"

白玫说："行了行了，都别嚼舌头了。剧团都散成这样了，你们也不着急。"

安然说："玫，我听你的，你说咋办就咋办。"

陈安生接口道："哟，墙头草啊。看着雪姐靠不住了，马上又投靠人家白玫啊。白玫，别理他。"

白玫问刘主任："主任,这两个主角都不来了，这戏可怎么排啊?"

"这个，听导演的吧。大力，我有事，我先走了啊。"

刘主任转身急匆匆跑了。刘主任一走，王大力看着冯仕伦，冯仕伦看着王大力。台上的人也不知所措地互相看着。

冯仕伦说："看我干吗，我是助理，该你说话了。"

王大力："我说啥？"

赵洁如一旁拽了一把冯仕伦的衣角："老冯，别难为大力了，帮帮他。"

冯仕伦这才清清嗓子说："哎——好吧。这样吧，既然这部戏的演员都没到齐，导演说了，干脆大家一起先去吃个饭，一来熟悉熟悉，二来也商量商量接下来怎么办。"

一听吃饭，大伙齐声喊好。

赵洁如低声问："老冯，你这葫芦里卖的什么药啊？"

王大力说："就是，请这么多人吃饭，要花不少钱吧。"

冯仕伦说："那我不管。"

陈安生几个人问："导演，请我们上哪吃饭啊？"

王大力赶紧抢着说："甜妞小吃店。"

甜妞小吃店仿佛从来没这么热闹过。剧团的演员在这座小城都要算是名人了，包括赵洁如，也很少光顾小吃店。听说这些客人都是王大力请来的，郑婶也高兴得喜笑颜开，忙里忙外。妞子更是笑得合不拢嘴。

冯仕伦说："大力，你小子可真行，把大伙请到你丈母娘家了。"

王大力憨憨一笑："老师，我身上的钱，也就够请大家来这里吃了。"

赵洁如说："这个小店不错呀，这姑娘也好，大力，你的眼光更好。"

妞子招呼大伙吃饭，白玫等人也第一次发现这个小城还有这么一家好吃的小吃店，于是大快朵颐。

妞子把王大力拉到一边问："大力，这些人都是你们剧团的演员啊？"

"那是，他们现在都听我的，我是导演嘛。"

"那女的叫啥啊，她长得可真好看。"

"那算啥，我们团里长得好看得多着呢。"

妞子怯生生地说："你现在是导演了，可不许看花了眼啊。"

就这会，白玫招呼大力过去："大力，你挑的这地方不错呀，饭菜特好吃，我从来都没吃过这么好的小吃。"

高明宇也说："大力，你对这儿很熟啊，那姑娘是不是你对象啊？"

王大力嘿嘿一笑："大伙吃好，吃好。"

赵洁如问冯仕伦："现在可以告诉我，你这葫芦里卖的什么药了吧。"

冯仕伦故作深沉道："这人情世故，本来如此。大力在团里地位低，不被人重视。要想让剧团里的人接受他，就得先打打人情牌。你看，现在他是不是受欢迎多了。"

赵洁如嗔怪道："你这老家伙，肚子里的心眼还真是多。"

吃过了饭，白玫说："好了，大家吃饱喝足了，也该商量商量，咱这戏该怎么排啊。"

安然说："怎么排，人都不够。"

赵洁如说："没关系呀，我可以叫我的姐妹来帮忙，而且，免费。"

李琪看着赵洁如，疑惑地说："阿姨，你想得也太简单了。这戏是歌剧改编的，不说别的，就那一堆外国人的名字，就把我叫得头昏脑涨的。你们，行吗？"

这时，赵洁如起身，很优雅地用英语念了段台词："To be or not to be,this is a question。"

陈安生惊艳道:"赵阿姨,行啊。莎翁这句台词经您一念,真是韵味十足,佩服佩服。"

王大力问冯仕伦:"老师,赵阿姨念的啥意思啊?"

冯仕伦:"意思就是,少说话,多吃饭。"

白玫说:"赵阿姨,有您这范儿,跟我们一起演出,没问题。"

赵洁如说:"我那几个老姐妹,虽然不是科班出身,可是当个票友,给大伙搭搭戏,我看还行。"

大伙于是举杯庆贺。郑婶又端出一盘菜送上来。

"大伙多吃点,多吃点。好吃吧,那好,以后多来吃。"

妞子拉着王大力的手,景仰地说:"大力,你可真了不起。"

王大力心里知道,哪是自己了不起啊,要不是这些人帮忙,这戏真不知道该怎么唱下去了。

晚上,王大力在家里踱着步,拿着剧本一句一句地念。念了一会儿,自言自语道:不对劲啊,这话咋这么别扭。这些外国人的故事,其实跟咱老百姓的故事一样吗,就是这些名字太拗口,改成中国的就明白多了。你看,冯老师一直追着赵阿姨,可中间冒出个陈大爷来,赵阿姨于是就变心了。哟,这故事可不敢这么改,这么改,冯老师非杀了我不可。

窗外夜深人静,他还在反复念着剧本。

十一

赵洁如带来了她们一起跳舞的伙伴张槿和吴征两个阿姨,帮着一起排戏。

在冯仕伦的帮助下,王大力把角色也重新分配了。白玫演卡门,陈安生接替黄志洪演斗牛士。张槿和吴征分别演酒店老板娘和卡门的族人。

接下来的排练中，还是意料之中的不顺利。演到唐·何赛发现卡门和斗牛士眉来眼去，把卡门带回酒店交谈时，张槿忽然跳出来打断他们。

"卡门姑娘，我说你这么说就不对了，你看你跟别的男人好，这本身就不对吗。现在你自己的男人找来了，你就应该道歉吗，怎么还说不爱人家了呢。"

大家都乐了。

午饭的时候，郑婶、妞子提着一大袋的盒饭送到剧场来，挨个给大家分发。

王大力红着脸把妞子拉到一边："妞子，你妈送来的盒饭我可没钱给啊。"

"没让你付，我拿我存的钱给我妈了。对了，你可千万不要说出来啊。我对我妈说，你现在当导演了，有钱了，这些盒饭的钱，都是你们剧团出的。我妈现在把你当财神爷了呢。"

王大力激动地说："妞子，你对我可真好。等我以后有钱了——"

妞子火辣辣地盯着王大力问："咋样？"

王大力半天憋出一句话："一定还你！"

吃过饭，休息的时候，赵洁如领着张槿、吴征，带着演员们在舞台上跳起了民族舞。

郑婶看着说："还是这个好看，能看懂。你们刚才说的那些话，我咋听都听不懂。"

王大力对冯仕伦说："老师，你说，要是把这舞蹈编进咱的戏里，会不会更好看？"

冯仕伦说："那能好看吗，中西结合，还不乱套了。"

"那咱改呀，我昨晚看剧本就一直觉得这外国名字不好念，干脆都改成中国的。"

冯仕伦看了看他："你小子，胆子够大的，连这样的名剧都敢改。你想怎么改？"

"老师，我说了你可别骂我。其实，我是从你跟赵阿姨这儿想到的。既然都是讲故事，咱干吗不讲点咱身边的故事呢。比如你跟赵阿姨的故事，妞子和她妈的故事，咱把这些编到戏里边，那多热闹啊。"

冯仕伦想了想："也不是不行。这老百姓最爱看的，还是他们自己的故事。你还别说，你要是真把这戏给改好了，没准还真能火。"

冯仕伦赶紧招集大伙，把这个想法说给大伙听，没想到一多半人都赞成。白玫把大伙拉到一旁商量。

"我觉得这主意行，这段时间排戏，我总觉得有劲使不上。要是演咱自己，那肯定舒服多了。"

高明宇也说："对，我也是这感觉。"

安然却说："这可是团长定的戏，咱们这么改，他能同意吗？要不要先请示一下。"

陈安生说："你要请示，结果准不行。可是如果你排好了拿给他看，只要效果好，他一高兴，这事就结了。领导们只重效果，至于你怎么干，他才不管呢。反正，成功了，成绩是他的。要是失败了，大不了牺牲大力一个人。"

陈安生这么一说，白玫几个人心里一下子沉了下来。

白玫说："那这样对大力可太不公平了。咱们总不能把他当牺牲品吧。"

陈安生道："我到是觉得，这对我们剧团未尝不是件好事。你们想啊，如果按照王导那思路，这戏拍出来，也没多少人看。现在来了个王大力，这是什么，这就是规矩的破坏者啊。不破不立。只有把咱们团这股子死气沉沉的局面打破，咱们团才可能有希望。要是换别人来，这事只能是循规蹈矩，按部就班，没什么太大的改变。"

安然道："那，刘主任可是经常来的，要是他来怎么办？"

陈安生说："好办啊。等他来的时候，我们就演回原剧，糊弄他一下，反正他来也就一时半会。他走了，咱接着排新戏。"

白玫还是替王大力担心："那要是排砸了，王大力怎么办？"

陈安生说："他一个临时工，就算砸了，顶多不干了，还能坏到哪去。话说回来，要是咱们排成功了，团长一高兴，没准就真给他转正了，那对他来说，不是天大的好事吗。"

虽然大家心里多少有些不安，觉得这次是把王大力当枪使了，但最后还是决定就这么干了。

十二

新戏改编开始了。冯仕伦执笔，王大力像模像样地摇着扇子边转悠边给他们说戏。

"我觉得吧，这里头还得加上一段，那才有意思。"

冯仕伦看着他大模大样的样子，把笔往桌上一拍："嘿，你还真把我当你的助理了。"

王大力赶紧过去给老师扇扇子。

他们改戏的时候，赵洁如就给他们端茶倒水，妞子也从店里带来好吃的，给他们加夜宵。

白天，剧团演员就在舞台上排练新戏。休息的时候，大伙就七嘴八舌讨论这里怎么改，那里怎么编。

郑婶一如继往地来送饭。在她的眼里，未来的女婿现在成了人物了，做的可都是大事情。她拿给王大力的饭里，也特意多放了几块肉。

刘主任突击检查，要看看大家排练得怎么样了。大伙于是把原来的戏认真演了一遍。

刘主任说："好好。大力啊，团长果然是惠眼，没看走眼。你小子还真有两把刷子吗。好，就这么排。记住，离团长定的日期可只有半个月了。好，大伙加油。我有点事，我先走了。"

刘主任一走，大伙长吁了品气，接着排练新戏。

因为剧团的日常开销，妞子又取出点自己的私房钱递给大力，剩下的钱越来越少了。

王大力说："妞子，这些钱算我借的，等戏排好了，这些钱团里都会还给我的。"

妞子说："谁要你还了，反正我存了就是给咱俩用的。现在你当了导演了，当然不用开店了。钱用在你们排戏上，正好。"

王大力激动地正要抱妞子，郑婶在外面喊："大力啊，时间不早了，该回去休息了，明天你还要排戏呢。"

王大力吐吐舌头："你妈长着千里眼顺风耳呢。"

几天之后，冯仕伦把笔一搁，长长地伸了个懒腰。

"行了，这算是改完了。导演，看看吧。"

王大力和赵洁如一起围着看。

赵洁如看了一遍，肯定地说："嗯，我看呀，这戏准能火。"

冯仕伦说："那可全是王大导演的功劳啊。"

王大力赶紧说："老师，您可别逗我了，要不是你和赵阿姨大家帮我，我哪能过得了这一关哪。"

新戏的名字就叫《一步登天》，是讲一个年轻人意外地中奖发了财，他的人生发生了改变。以前不怎么搭理他的人，现在在他身边前呼后拥，而他也渐渐陶醉在这样的生活里。直到千金散尽，众人散去，守在他身边的，只有一个始终爱着他的好姑娘。

赵洁如说："大力呀，这戏里的姑娘怎么越看越像妞子呢。"

冯仕伦说："还什么像呀，那就是。这个故事还有一个名字，叫'小人物王大力的发家史'。"

赵洁如笑着用手指点着他："你呀，改不了你这刻薄的毛病。大力，别听他的，这戏改得好。"

王大力也乐呵呵地说："其实，那天你带着大家在舞台上跳舞的时候，我就想了，这个舞台应该是咱老百姓的舞台，那这故事，就应该演咱自己的故事。你看，这里面还有你和冯老师呢。"

冯仕伦嘿嘿一笑："我可是按照大力的想法写的，如有雷同，别找我啊。"

赵洁如笑道："哟，这倒成了我追你了。你给我过来，把这段改过来，不然，看我怎么收拾你。"

冯仕伦摇着头说："不改，坚决不改。为了艺术，我决不屈服于任何人。"

赵洁如追着冯仕伦满屋跑，王大力哈哈大笑。

十三

排练了一段时间，王大力说："我还有个想法，咱们能不能先试演一场。请一些自己的亲戚邻居，大爷大妈来当观众，看看咱们的戏他们看了究竟会不会叫好。"

白玫首先赞成:"这个主意太好了。戏是排完了,但效果怎么样,咱们心里还真没底。试演一场,看看效果怎么样。"

安然说:"反正好不好都是它了,要改可是没时间了。"

陈安生也说:"我觉得行,不过一定要保密,要是动静太大了,团长那边肯定就先知道了。"

高明宇说:"要是试演,咱这可是服装、道具、场景都缺着呢。"

王大力摸摸脑袋说:"没事,这个我来想办法。"

冯仕伦拉了他一把:"你想办法?你有什么办法?到现在为止,团里可是没给你拨一分钱。要不,咱们大伙一起想想办法吧。"

王大力说:"别呀,哪能让大伙为难。我是导演,听我的。"

冯仕伦说:"哟,这会儿这导演像那么回事了。"

大伙哈哈大笑。

王大力摸着脑袋有点不好意思了。

王大力蹬着三轮车,到裁缝店、广告公司、木材市场,一趟趟向老板请求先欠钱做服装、道具、布景。因为没有钱,却一次次被拒绝了。

妞子说,算了,咱们自己做吧,我这点手艺,估计还行。

赵洁如当起了设计师,妞子当起了裁缝,在王大力家连夜为剧组制作服装。累了,王大力就为妞子捶捶背,两人经常累得趴在桌上就睡着了。

道具也是王大力找自己的朋友们帮忙赶制的,说是要和妞子结婚,这些家具都是结婚用的。朋友开玩笑说:大力,现在谁结婚还自己打家具呀,你也太抠了,你说妞子看上你哪一点了。

王大力嘿嘿地笑着,细心地用袖子把打好的道具上的灰尘擦掉。

为了邀请观众来看试演,王大力走街串巷地邀请街坊邻居来看彩排。

街坊大娘问："大力啊，去看演出发礼物不？"

王大力笑着说："发，就是您得把您的假牙捂好，别笑掉了。"

一切准备停当，王大力疲惫地倒地床上，看着墙上演员们的海报，渐渐沉入梦乡。妞子的电话打来，他也毫无察觉。

十四

为了不让团长、刘主任发现，他们特意挑了一个周末试演。

一大早，王大力就赶到剧场，和大家一起布置舞台，准备演出。

新的布景和道具都摆好了，就等着观众来看了，可是却迟迟不见一个人来。

王玫等人也站在台口，望着空空的剧场窃窃私语。

冯仕伦问："我说大力，你请的人呢？"

"都说好了呀，也该来了啊。"

冯仕伦说："要不我出去看看。"

白玫也问："导演，那咱这戏到底还演不演。"

王大力坚定地说："演，为啥不演。不管来不来人，都得演。我就不信，只要咱的戏好，还会没人看。"

大伙进后台抓紧准备。

其实，剧团门口已经围满了人，有赵洁如的老年舞蹈队，有王大力的街坊邻居，有郑婶、妞子，她们关了小吃店的门来看演出。只是大门还紧锁着，人们围在门口进不来。

冯仕伦找来门口的保安，打开大门，众人一拥而入。

转眼，剧场内已经坐满了人。妞子兴奋地站起身，向着台上大声喊：大力，大力。

王大力从幕后探出脑袋，看到这么多人，也吓了一跳。他向妞子招招手，缩回脑袋，咬咬牙，跟大伙郑重地说：就看这一锤子的买卖了，上吧。

众人击掌，拉开大幕。

安然饰演的大宝经历了从一步登天到一无所有的过程后，身边只剩下白玫饰演的梅子还在他身边。大宝准备离开这个城市，梅子把他追了回来。

梅子：大宝，咱回家吧。

大宝：梅子，经过这些事，我总算是看明白了，这世上，钱不是最重要的，钱买不到的东西，才最重要。

梅子：只要咱俩齐心协力，以后，什么都会有的。

大宝：走，咱回家。

这时，陈安生、高明宇和赵洁如等人饰演的亲戚朋友上场。

赵洁如：现在明白了，也不晚。大伙说，是吧。

大宝：你们，你们不是都不理我了吗?

赵洁如：那是你有钱的时候，忘了自己是谁。现在，你又回来了，我们当然要欢迎你回家。

陈安生：对呀，别忘了，咱们可是兄弟。

大宝:可是，我那时候，那么对你们，阿姨，我骂你是老妖婆。

赵洁如：好啊，我这老妖婆，专门收服你这样的小魔头。

大宝：大哥，我把你的女朋友抢走了。

陈安生：没事，你把你的女朋友还我就行。

众人大笑。

赵洁如：走了，咱们一起回家。

舞台上，赵洁如带着大家跳起了欢快的舞蹈。

场下，郑婶看着直抹眼泪。妞子也泪花闪动。

大幕拉上，场下静悄悄的。王大力等人在幕后躲着，听不到一点动静，几个人心里异常紧张。

陈安生："什么情况啊，怎么没动静？"

安然："不会是人都走光了吧。"

王大力伸出脑袋。忽然，台下的人一起起身，掌声如雷。

妞子在台下大声喊着："大力，大力。"

王大力带着众人走上舞台，激动地向大家一起谢幕。

人都走了，只剩下王大力一个人，站在空空的舞台上。一束灯光静静地打在他身上。他环顾四周，两手缓缓伸起，仿佛台下又坐满了观众，大家热烈地鼓掌，高声呼喊着他的名字。王大力脸上带着含泪的微笑，一种幸福感油然而生。这大概就是梦想的滋味吧，他想。

十五

王大力走在街上，街道上摆摊的小贩们老远就跟他打招呼。

"哟，这不是大导演吗？来，坐下给你来份小吃，免费。"

"大力啊，你现在可是出息了，啥时候，让姐也演个角色行不？"

"大力大力，你看，你下次拍戏的时候，能不能给我这小店打个广告，不就广告费吗，咱有。"

"大力，你看你，上次不知道你找我们来做道具是真的要拍戏啊，怪我眼拙。下次，下次一定来找我。"

王大力应和着，笑着，感觉这个小城仿佛变了个样子。原来它是落魄的，荒僻的，可如今，却越看越有生机。

王大力走进店的时候，郑婶一反常态地热情。

"大力来了啊，妞子，快，别忙了，去陪大力说会话去。想吃什么我给他做啊。"

店里的几个常客也搭讪："郑婶，没看出你这准女婿还是个潜力股啊。"

"就是，这导演肯定是挣大钱的吧，我说郑婶啊，你这小店也别开了，以后就跟着女婿享福吧。"

郑婶道："我家大力啊，那是内秀。人家原来在剧团当清洁工，那是为了体验生活。跟你们说吧，我当初就看大力不是一般人，要不然，我能把宝贝女儿许给他吗?"

"郑婶，你以前不是还嫌人家大力没钱吗，你还经常笑话大力来你这儿蹭饭呢，今儿这口气怎么全变了。"

郑婶笑道："你们这些老爷们，就爱搬弄是非。我是那样的人吗，我那是给大力打气。不是我吹，就我这女婿，整个县城你也找不出第二个来。"

王大力悄悄跟妞子说："妞子，瞧，你妈这会儿可把我当摇钱树了。"

"你就让她高兴一会呗，再说了，等你以后真挣了大钱了，那还不得养活我妈呀。"

"可我现在连从你这儿拿的钱都还不上呢。"

"不怕，反正你现在是导演了，有剧团在，这钱指定能给。"

王大力想了想，说："那，要是剧团里不给呢?"

妞子犯了难，想了想，一咬牙："那就当帮你实现梦想了，不怕。"

王大力正要说话，白玫走进来了。

"导演，我一猜你就在这儿。"

"你怎么来了?"

165

"来恭喜你呀。彩排很成功，大伙信心都很足，这会呀，咱这剧团算是有救了。"

王大力问："想吃点什么？"

白玫说："好呀，这儿的东西真好吃，上回吃完，还真有点想呢。"

王大力赶紧指使妞子："妞子，去给白玫弄点吃的来。"

妞子进后厨的工夫，几个老顾客对郑婶说："郑婶，你可要小心啊。大力现在名气大了，剧团里又有那么多漂亮女孩，大力可别变了心啊。"

郑婶一听，脸色略变："我们大力，他就不是那种人。"

"嗨，这可不好说，人哪，都经不起诱惑。你看他俩那亲热劲儿，早晚要出事。"

正好妞子端了一碗小吃出来，郑婶接过来："给我。"

端到白玫面前重重地一放："我说姑娘，还在跟大力汇报工作啊。大力你也是，怎么下了班还不让人家休息。姑娘你看，大力这人就这样，一忙起来就啥都不顾了。还好有我们家妞子帮他，要不他这导演得多累。"

白玫笑着说："是呀，郑婶。这段日子，你和妞子可真是没少帮他。我们都要谢谢您呢。"

"嗨，这话说远了。大力和妞子马上就是一家人，这一家人帮点忙，还用谢啊。"

白玫道："哟，是吗，那得恭喜您了，找了个这么好的女婿。"

王大力怕郑婶再说出什么话来，赶紧打断他们的话题："婶，我和白玫在这儿谈点工作，您——"

郑婶正色道："你这孩子，还婶儿婶儿的，那咋就这么见外呢。"

妞子赶紧把她妈拉到一边："妈，人家大力和白玫谈正事呢。"

166

"你懂啥，你妈我说的这也是正事。你给我盯着点，别让她离大力太近。"

一旁的白玫跟王大力商量着剧团里的事：

"大力，听说团长已经知道咱们排练新戏的事了？"

"嗯，试演那天，刘主任后来溜进来看了。"

"那，团长怎么说的？他同意吗？"

"刘主任说，团长过两天就来看。看了再说吧。"

"大力，有个事一直想跟你说。"

"啥事，你说吧。"

"要是团长不同意，那你该怎么办？"

"那还能咋办，人家是团长，人家说咋办就咋办呗。"

白玫说："大力，你这人特别单纯。其实，当初剧团里的人配合你一起排新戏，他们是想利用你。排好了，当然对剧团好。要是排戏砸了，那这个黑锅就得你一个人背了。"

王大力苦笑道："其实我也知道，就凭我一个清洁工，这些天大伙凭什么这么听我使唤？还不是都想在这个舞台上辉煌一次。别看咱这个舞台不大，可多少人的梦想都在那上边呢。我要是能帮大伙完成一次梦想，就算背次黑锅，那也值。"

白玫看着王大力，眼光中流露出惊讶："你真这么想？大力，你这人真好。"

王大力笑笑说："还能怎么想？反正，我当了一回导演，过了一回瘾，值了。就是苦了妞子了，她把准备开店的钱，全拿出来了……"

167

十六

团长赵普规定的观摩时间终于到了，一大早，剧团所有人都站在舞台上，议论纷纷。

王大力静静地蹲在台口，孤独地像一只蹲在电线上的乌鸦。

刘主任先进来了，身后是团长，团长身后竟然是王树新、刘美丽，姜雪燕和黄志洪也跟在他们身后。大伙都愣了。

刘主任："大伙静一静，团长有重要的事情要说。"

剧场里霎时静悄悄地。

赵普上前一步说："这段时间大家辛苦了。听说你们前两天还搞了一次试演，效果很好吗。这几天已经有不少朋友都在跟我提这出戏，说我们剧团排出了一部少有的好戏。大伙都在向我祝贺，哈哈，这我怎么能担得起呢，这又不是我一个人的功劳，这是大家的功劳吗，我只是做了一个团长应该做的事吗。"

赵洁如对冯仕伦说："老冯，我怎么听着，这里面没大力什么事了呢？"

冯仕伦忧虑道："估计这是要变天啊。"

赵普接着说："我早就说过，艺术的成长离不开土壤，这个土壤是什么呢，就是我们的观众。我们就是要把观众喜闻乐见的故事演给他们看，这个舞台应该就是观众和艺术家完美结合的舞台嘛。当然了，这里面，王大力同志还是做了一些贡献的，他作为一名剧团的临时清洁工，给我们提供了许多鲜活的艺术原型，让我们的艺术更接地气了。"

冯仕伦捅了一下赵洁如："洁如，听出来没？"

"什么？"

"好像是谁放了个屁。"

赵普："我今天来呢，是有一个重大的好消息要告诉大家。经过我们的积极争取，我们团将带着这台新戏，代表我们市，去参加一个全国性的文艺调演。这在我们团，可是开天辟地的头等大事。"

白玫等人听完异常激动地互相拍着手，笑着。白玫拉过站在一旁的王大力，握着他的手，脸上说不出的感激。王大力也激动地泪花闪闪。

"作为这么一个重要的演出，上级非常重视，要求我们一家要组织最强的力量，最合适的人选，圆满完成调演任务。同志们啊，这可是考验我们每个人的关键时候啊。团里呢，在这个参加调演的人选上，也是煞费了一番苦心。毕竟是一次全国性的调演，要在全国同行面前亮相，每个人都关系着我们团的形象，关系着我们县的形象。所以呢，我要做一个艰难的决定。"

台上所有的人都呆住了，不知道团长接下来会做出什么样的决定。

冯仕伦说："洁如，看见没，要变天了。"

赵洁如："我怎么还是不相信呢。"

白玫看着一旁的王大力，王大力神情木然，面无表情。

赵普："这个，大力啊，全国调演，你就不要去了。"

舞台上的人都愣了，王大力木然地蹲在地上，一言不发。

赵洁如腾地起身道："啥？不让大力去了？那怎么行？他可是导演哪，导演不去，那这戏咋演。"

赵普呵呵一笑："这个，团里是有考虑的，还是让王导带队去。毕竟，人家是大导演吗，经历过的大场面多，各方面的经验也丰富，由他带队，把握性更大嘛。"

赵洁如火了："啥？用着大力的时候，就把他当导演。用不着的时候，就把他甩一边，你们还有没有点良心？你们知道大力为了这台戏做了多大的努力吗？"

冯仕伦拉了他一把："洁如，你消消气。"

赵洁如甩开他："我受不了这气。大力，你倒是说句话呀。"

王大力站起身："阿姨，没事，我一个人去不了没关系，只要咱这台戏能在全国演出，我就特开心。"

赵洁如说："你要不去，那我们也不去了。"

赵普咳了一声："这个，上面有严格的规定，参加调演的必须是剧团在职的正式演员。非剧团演员，就不能上台了。另外关于角色，团里也作了个小小的调整，男一女一呢，还是由姜雪燕和黄志洪担任，小安和小白呢，你们接替几位大姐的角色。"

王大力愣了："啥？赵阿姨他们也不能去？团长……"

白玫也张大了嘴巴："就是啊，团长，这台戏，多亏了大力和赵阿姨他们，我们的角色换了无所谓，可他们……"

冯仕伦两手一摊："得，卸磨杀驴，洁如，我看我们还是走吧，这个地方，压根就不是我们待的地方。"

安然问："团长，雪姐他们一天新戏也没排过，再说，他们不是病了吗？"

赵普："这个，姜雪燕和黄志洪同志前段时间是身体有病，这也是多年舞台辛苦积劳成疾吗。不过，现在不是好了吗，他们在剧团最关键的时候还是回来了。有了他们的经验的艺术素养，我们这出戏不是锦上添花了吗。"

安然嘟囔道："好的真是时候。"

姜雪燕和黄志洪两个人满脸通红，一声不吭。

赵洁如怒火中烧，拉起冯仕伦说："老冯，咱们走。一群王八蛋。"

赵洁如拉着冯仕伦、张瑾和吴征等人往台下走。

王树新插了一句："这位大姐，你怎么可以骂人呢?"

冯仕伦指着他说："噢，你就是那个王导吧? 没错，她骂的就是你，你不说我还忘了，是你说我们这儿全是土老帽，根本不懂艺术吧。今天我还告诉你，别老拿着艺术家的头衔来唬人了。你懂不懂艺术我不知道，可我知道，你，还有你们，根本不懂做人。艺术就是在你们这些人手里给糟蹋坏了。"

王导气得说不出话来。

冯仕伦看着王大力说："大力，你还愣着干吗，走呀。"

王大力走过赵普身边时，赵普说："大力啊，你明天就不用来了。把钥匙交给刘主任吧，剧团暂时也用不上清洁工了。"

十七

空荡荡的剧场里，只亮着一束灯。王大力站在灯光下，周围是一片漆黑。他感觉天地间有一股无形的压力压下来，压得他喘不上气来。

台下的欢呼声若隐若现，他张大眼睛，却发现这一切不过是种幻觉。

小县城还是一如既往地安静。街角的一堵破旧的墙上，贴着一张海报，海报上是新剧《一步登天》将要代表全市参加全国调演的喜讯。但是，上面已经没有了王大力、冯仕伦和赵洁如等人的名字。

一阵风吹过，海报的一角呼扇了几下，然后整张海报都被风掀了起来，飘了飘落在地上。一个捡废品的流浪汉捡起来看了看，揉成一团扔进了垃圾袋里。

广场上，赵洁如、冯仕伦等人在广场中央跳舞。王大力和妞子坐在一角的凳子上。

王大力心事重重地对妞子说："妞子，这回，你妈又该嫌弃我没钱了。"

妞子说："大力，反正这导演你是当过了，不亏。要不，咱再攒钱开小店，咱当老板。到那时，团长和那个导演想来咱店里吃，咱都不接待。"

王大力苦笑道："人家才看不上到咱的小店来呢。"

"反正在我心里，你比那个什么王导强。哎，大力，等以后咱们开了小店，就请冯老师和赵阿姨他们来咱的店里演戏，演给咱自己人看，你还当导演。"

王大力疑惑地说："这行吗？"

"行，咋不行。"

"那行，到时候，我让你演老板娘。"

妞子问："那我妈呢，她演啥？"

王大力想想说："她，还让她演送饭的。"

正说着，赵洁如和冯仕伦走过来，拉着他俩加入到跳舞的人群里。

生活有时就是这样，虽然不尽如人意，但也并不太糟。谁知道，生活不会在下一个什么地方，再次展示一次奇迹呢……

龙　族

我坚持做完了自己该做的事，内心踏实坦然……

——马龙手记

一

"我觉得文管部门应该把你的这个小窝棚和恐龙化石一起保护起来，因为它见证了一种坚守的信念。谁会想到轰动世界的恐龙化石竟然是在这个简陋的小窝棚的保护下存在下来的，真的很有讽刺意味，你不觉得吗？"

他看了看眼前这个柔弱的像是刚从院校里毕业的女记者，她比自己小不了几岁，从一大早到现在，自己已经快被她问得掏空了。她是个挺厉害的记者，文管所的老张就是这样介绍的。

"马龙，这位是省报的大记者，是专门来采访你的，你要好好配合，这可是宣传你，宣传咱们太阳山恐龙化石的好机会。"

"你好，马龙，我叫张依，来，握个手吧。"

那是一双白皙的手，看得出保养得很好，而且肯定连家务活都不用做。在清晨柔和的阳光照射下，那双手仿佛是件半透明的瓷器。相比之下，他的手是粗糙、丑陋的，他生怕自己的手一旦拿出来会把这个女记者吓得缩回手去。他的迟疑居然被女记者看到了，她很爽快地把手伸到他的手里，既不羞涩，也没有表现出一丝反感。就这样，他们算认识了。

他知道，接受采访是他现在唯一能做的事情了。将近半年，一百多个日日夜夜里，他看守着眼前这片寸草不生的小山坡。现在，这一切结束了，一个庞大的考古队伍接管了他的防区，正在进行着细腻的挖掘工作。挖掘现场他插不上手了，虽然他很想蹲在一旁看看自己守护了那么长时间的宝贝是怎样被一件一件从泥土中剥离出来，但那里显然不需要他。他此刻的任务就是面对记者的提问，把自己发现这些宝贝的过程毫无保留地倒出来。这些天他已经接受了好几批记者的采访，他不喜欢坐在记者面前一遍又一遍地回忆自己这段时间的经历，这么长时间，一个人守着这片荒山，很少能碰到第二个人，他已经变得沉默寡言了。面对他的记者不得不像挤牙膏那样反复启发他，这让他很痛苦。有时记者会问一些他很难回答的问题，比如：你作为一个来打工的外乡人，在这么长时间里不去找工作挣钱，却守着这些你甚至不能确切知道它们价值的石头究竟为什么？是什么支撑你一直坚守下来的？这些问题把他弄晕了。是啊，为什么？就因为文管所那个白发苍苍的老头那番语重心长的话？还是因为那老头塞在他手里的那三张平展展的百元钞票？他无法回答，这些问题他根本没有想过。

但是，眼前的这个女记者不一样。她总是很巧妙地越过那些让他感觉不舒服的问题，好像能看到他的痛苦。她像是一位相熟多年的老朋友那样，坐在面前跟他闲聊，一点一点帮他摆脱沉默，在他不经意的时候，她又会抛出一些很能打动他的问题，让他不知不觉把自己的心里话讲出来。

她在挖掘你的内心呢，你可要当心了。他告诫自己，不要小看了眼前这个文质彬彬的女记者，她在等着看你吐苦水呢，等你把你这一百多天里所吃过的苦全部都倒给她，那时她就会满意地返回她居住的省城，拿着你倒的苦水大做文章。她会因漂亮地完成报社交给的任务而拿到丰厚的稿费，可你，什么都不会有。等人们把你的故事听得腻味了，他们又会寻找新的故事，你不会因此有任何改变。

他决定不再顺着记者的思路走下去。

他们此刻就坐在他住了一百多天的窝棚前，这个小小的仅能容他一个人在里面躺着，坐起来都要碰头的窝棚是他花了一天的时间，从几里以外的青石堡煤矿找来废木料和破油毡布，一个人搭起来的。那时是十一月，气温在零下十几度，地面坚硬得像块铁。他在把木桩钉入地下时，木桩崩断了，一根筷子粗细的木刺贯穿了他的手臂，他咬着牙拔出木刺，黏稠的血液一下子流出来。青石堡镇有方圆几十里唯一的一家诊所，但那要走好几里地，还要在他本来就不多的积蓄中花去不小的一笔。他忍着痛撕开自己离开家打工时一直带在身边的那床破棉被，从里面掏出一把棉花，点着了，等那团棉花烧成黑灰状时，他把那团黑乎乎的还在燃烧着的棉花捂在伤口处。小时候不小心哪里碰破了，妈就是这样给他止血的。血液不一会就浸透了棉花，他就再烧一把棉花贴上。那血就像烧沸的开水，在这样寒冷的天气里冒着丝丝热气，一点也没有凝固的意思。他不知烧了多少棉花，他感觉那条本来就不太厚的棉被都快被掏空了，血才渐渐止住。那根木桩被一洼血水浸泡得通红，现在就搭在窝棚的门梁上。这故事他不讲没人会知道，尽管这个细心的女记者看到了那根颜色鲜红的门梁，但他不会告诉她。接下来的几天伤口开始发炎，他躺在刚搭好的窝棚里迷迷糊糊睡了三天，他以为自己可能再也起不来了，他得感谢海霞的及时出现，如果不是海霞蹲在窝棚前和他说了一番话，他可能真的就永远睡在这个窝棚里了。伤口后来留下了一道很深的疤，一遇到天阴就出奇地痒。

张依看他一直沉默着，索性不再说话，静静地坐在他身边，随着他的目光望着不远处正在紧张挖掘的现场。

在接到采访任务时，她没想到这将是一次艰难的采访。眼前这个头发蓬乱、目光阴郁的男人太爱沉默了，在一个上午的采访中，她尽量创造一种轻松的谈话气氛，好让他不感到拘束。可是她发现自己的努力效果并不明显，他总是用一些短促的语气词回答自己的提问：嗯、是的、没错、是这样等等，而且经常会不理会她的存在，表情漠然盯着一个地方发呆。你面对的是个高傲的家伙呢，她告诉自己。他的这份高傲绝不是源于他完成了一件很了不起的事情，而是源于他的身份。她了解他所处的这个社会群体，他们身处异乡，四处漂泊，以打工谋生，从事着繁重的体力劳动，没有社会地位，不被社会重视，但他们大多敏感而高傲，有着极强的自尊心。她采访过许多这样的人，刚到报社的第一年，她就换上学校军训时发的那身迷彩服，在几个建筑工地待了半个月，和工地上的农民工聊天，和他们一起吃简单的工作餐，后来她和许多农民工成了朋友。半个月后，她写出了长篇报道《不一样的星空——走近农民工》，这篇报道让报社的那些资深老记们对她这个刚毕业的黄毛丫头不得不刮目相看。她从小就要强，喜欢做一些具有挑战性的事情，选择当记者就是这个原因。她喜欢做一些深度报道，就像这个马龙守护恐龙化石的新闻，其实很多报纸都已经做了报道，但那些报道都很简单，她想写得不一样。将近半年的时间，一百多个日日夜夜，一个人默默守护着这些冰冷的石头，这件事情的背后隐藏着多少生动的故事啊。她一定要把这些故事挖出来，虽然眼前这个人看上去似乎并不想把自己的故事说出来，但她不会放弃。她能感受到他的沉默表达着一种态度，他想用这种态度把自己拒于千里之外。

但这办不到，我会更坚持下去的，直到你放下你的高傲的架子，把我要知道的故事痛痛快快全讲出来。看着吧。

他们两个人都不说话了。阳光直射下来，他渐渐感到脸上被灼烧着，看看坐在身边的女记者，她也和自己一样暴晒在阳光下，一动不动地看着前方，显然没有要走的意思。他有些不忍了，马龙啊马龙，你是不是在有意为难这个记者，就因为人家是女人，你还在记恨着海霞那档子事吧，你在迁怒于你眼前的这个女人，你的心胸太狭小啦。如果你痛快地把人家提的问题说出来，人家早坐着小车回省城吹空调去了，不用陪着你在这里晒太阳，这不是她们这种女人应该待的地方，你的这个破窝棚委屈人家啦。他试探着站起身，很不自然地咳了两声：

"你该去吃午饭了。"

"不知不觉聊了一早晨，是有点饿了，嗯，这两天还要继续打扰你，所以，中午这顿饭让我来请你吧。咱们到前面的镇子上去吃，怎么样？"她站起身，很优美地转动了一下身体，暖暖的风中飘过来她身上细细的一缕清香。

"我在工地上吃，吃完还要看工地呢。"那缕清香让他觉得脸红，他已经有很长时间没有洗澡了，他知道自己身上散发着很浓的酸臭味，他得尽量离这个浑身香喷喷的女人远一点。

"我去找你们文管所的人说一下，让他们放你一中午的假。你等我。"

她已经快步走向文管所临时扎下的营地了。这个女记者跟你耗上了，她说这两天还要继续打扰你，看来她不会轻易走的，她很坚决。他痛苦地皱起眉头。

她找到文管所的老张，老张听她说完很爽快地答应了。

"张记者，你采访期间马龙归你调遣了。马龙——"老张大声喊他。他走过去，老张掏出一百元钱递过来：

"你带上，到镇上找个干净点的馆子请张记者吃顿饭，可不能委屈了人家。回来记着撕张发票，没有发票收据也行。"

"张师傅，说好了我请马龙的。"

"那怎么行，你是贵客吗。马龙，可不敢让张记者破费，知道不。"

她也就不再坚持，走到车前打开车门招呼他上车。那是一辆红色的福特嘉年华轿车，明亮的烤漆清晰地照出他脏兮兮的样子。

"你的车？"

"哈，报社的，你以为记者都是暴发户啊。快上车吧。"

二

从恐龙挖掘地到青石堡镇开车不到半小时的路程，张依开得很慢，因为这段路面凹凸不平，汽车颠簸得厉害。路面是被那些从青石堡煤矿拉煤出来的卡车压坏的，那些大卡车在车厢上加上一米多高的马槽，车厢里的煤装得冒出尖来。夏天，柏油路面被晒得松软得像一块化了的巧克力，超重装载的卡车跑上几趟，路面就翻了浆。因为颠簸，过路的卡车不时会洒下一些煤块，整整一个冬天，马龙就是靠拣这些煤块烧火取暖的，他真的庆幸有这样一条坑坑洼洼的路。

青石堡镇是一条不到一百米的街道，街道上永远都铺着一层厚厚的煤灰，一起风，煤灰扬起来就像一阵黑乎乎的雪片子。道路两旁密密地分布着一溜低矮的房子，全是灰头土脑的样子。来这里的消费群体大多是煤矿的工人和往来运煤的司机，他们对生活的要求很简单。他在青石堡煤矿打过半年的工，那些煤矿工人有很多和他一样，是来打工挣钱的外乡人，他们很清楚，他们来这里的目的是挣钱，攒上一年的钱，赶着过年回到家，把一大把厚厚的纸币交到家人的手里，那就是他们辛苦一年最大的幸福了。平时，他们对吃穿都很节省，偶尔犒劳一下自己或是为了打发离家的清苦，顶多是几个要好的工友相约着来到镇子上，找个馆子点上几个简单的家常菜，要上一瓶不到十块钱的当地产的二锅头。等到酒把身体暖热了，四肢又充满了力气，几个人就摇摇晃晃地一路回到煤矿旁那低矮昏暗的小工棚里。

他最后一次在镇上下馆子差不多是半年前了，那时初春的风刚把地面吹得酥软，吹得光秃秃的土梁上冒出些星点的嫩芽。漫长的冬天过去了，对马龙来说，春天的来临唯一让他感到振奋的是，夜晚不用再为被子太薄而瑟缩得无法入睡，不用再忍受窝棚四壁缝隙里吹进的刺骨的寒风，不用再为找不到煤烧而忧心忡忡，甚至，也不用再为吃不饱肚子而发愁了。很快，附近的地里会长出油绿油绿的庄稼，等到玉米熟了，地里的洋芋长到拳头大，他尽可以随时摘来填饱肚子。他忽然感到日子不是那么难过了，虽然文馆所的人没有再来过，他也不知道究竟还要在这里守多久，但是这样一个漫长寒冷的冬天他马龙虽然吃尽了苦头，不也还是挺过来了吗？虽然瘦了很多，但他伸展了一下筋骨，感觉四肢的肌肉依然很结实地紧绷着。这就够啦，照这样，再挺它一个冬天不成问题。对付冬天他已经有经验了，经过这一个冬天，他的筋骨也更耐寒了。他把那件已经磨得四处露着棉絮的破棉袄脱下收好，换上一件咔叽布的单衣。口袋里还揣着二十几块钱，他今天不想再吃那难吃的面疙瘩汤煮咸菜了，他想先好好吃一顿像样的饭，把自己被整个冬天折磨得快消耗殆尽的生命力补回来。还有很长一段日子要熬呢。

那天中午，青石堡镇上所有的人都惊讶地看到一个消瘦单薄的人影从强烈的阳光里走进了镇子。他头发蓬乱，黏成一条条硬硬的毡片片，身上的单衣敞开着，露出一块黝黑的皮肤。他一摇一晃，看样子随时都会摔倒再也爬不起来，但他又一步一步走得很坚定。他像一个从地狱里走出来的游荡的幽灵，走到光天化日底下，把镇子上的人吓了一跳。怎么会，冬天那场大雪下了整整一个礼拜，雪下了有二尺厚。就算这场雪没有把他埋掉，接着是一个多月零下二十几度的低温，镇上的饭馆都关了门，因为天气太冷，大家都躲在家里围着炉火不敢出门。这样的天气，他守在荒原上那个残破的小窝棚里能活过来？在他夹着一床铺盖走上太阳山那片光秃秃的山坡说是要守着这山时，他是这镇上谈话的中心，每隔几天他走进镇子买些吃的东西时，相熟不相熟的人都要围上来闲话几句：

"那山上到底埋着啥东西？"

"你娃看山人家给你出多少工钱哪？"

那时，镇上传说马龙在太阳山发现了宝贝，等县里文管所的人开着车来过几回，还拉着马龙在镇上最好的饭馆子里吃过两回饭，大家都说马龙这回发财了，走路踢出了块狗头金，命好。后来，真就有很多人跑到那二十多里外的荒滩上去看热闹，等知道了那不过是几块看不懂是什么的石头，而马龙居然从县里只领到 300 块钱，而他居然为这 300 块钱放下在煤矿打工一个月七八百的活去看荒山，这个外乡人在镇上人眼里就成了一个怪人。后来，他到镇上来买粮食的间隔越来越长，买的东西也越来越少，大家就不再关注他了，就像一个流浪讨饭的人到了门上，给他一口吃的，再就看都不看一眼了。那场大雪以后，他没有再到镇子上来过，镇上人以为他要么死了，要么回到自己来的地方了。

那天，他在人们惊愕的眼神里走进镇子，走进那家最好的春来饭馆子，他又把所有人的眼光都吸引了过去。

他要了一盘羊羔肉，在等着上菜的工夫，他看到饭馆老板毛喜直愣愣瞪着自己的眼光，他从口袋里掏出两张皱巴巴的十元钞票放在桌上。毛喜有些歉意地找回给他几张零钞。

"冬天你一直在山上？"

"嗯。"

"天气可冷得很哪。"

"嗯。"

没有人再问了。他倒是很想有个人问下去，问他这一个冬天是怎么过来的，吃什么，拿什么御寒的，他很久没有和第二个人说话了。他觉得要说出一句完整的话居然很费力，嘴唇僵硬，喉咙里发出的声音不像是自己的。没有人再问也好，他已经不习惯和别人说话了。

羊羔肉端上来，冒着腾腾热气。他吃得很仔细，一小口一小口地咀嚼，把每一根骨头缝里的肉丝都慢慢地剔出来，直到那骨头显出滑溜溜瓷器般的光泽来，他吃得头上冒出津津热汗。等他迎着众人的目光走出镇子里，他体内的血液又开始欢快地流动起来，他知道自己活过来了，而且活得很结实。

三

太阳山恐龙化石的挖掘早已把青石堡镇吵得沸沸扬扬，来往的客人多了起来，而且都是些大地方来的客人，让青石堡镇一下子热闹了许多。张依按着马龙的指点把车开到春来饭馆门前，老板毛喜赶紧迎了出来，见了马龙很亲热地抱着他的肩膀往屋里让：

"兄弟，你这回可成了大人物了，真没想到，你咋还真就看着个宝贝了呢？了不起啊。这位肯定是城里来的专家吧，我们马兄弟可了不起啊，让我们这个小地方出了名了。"

还是半年前的那间店，桌椅依然罩着一层厚厚的油腻。在安排张依坐下后，他拉着毛喜来到后院，让毛喜给自己打来一盆热水，又找来一块香皂，很仔细地洗了个脸。记不清已经有多长时间没有这么用香皂洗过脸了。他打上香皂狠劲地搓着，直搓得脸上的皮肤通红通红，开始隐隐发疼，一盆清水也脏得不像个样子，他才满意地结束这件工作。他觉得脸上轻松多了，这样坐在那个香喷喷的女记者跟前和她一起吃饭心里踏实了许多。

再次进屋，张依端详了好半天，注意到了他的变化，她用一个很友好的微笑表示了对他的赞许，没有再说过多的话，怕他会不自然。在车上，马龙一路的局促不安和刚才洗脸的举动让她发现，眼前这个很孤傲的男人其实还有害羞的一面。他有时会努力板起面孔把自己弄得跟别人拉开一段距离，不爱合群，但骨子里还是个大男孩。毕竟，他的年龄也不大。

毛喜拿出一份新印制的菜单递过来，虽然上面也不过还是那几样菜。他把菜单递给张依，张依看了一下，对他说：

"咱们可说好了，这顿饭我来请。你喜欢吃什么就点什么，千万别客气。"

"老张交代过了，不能让你破费。这里条件差，比不上省里，就怕你吃不惯。"他态度很坚决，他一直不习惯让女人请自己吃饭。和海霞好的那段日子每次吃饭都是他掏钱，那时海霞就说他是大男子主义了。他觉得让女人请客是件很没面子的事，虽然此刻他兜里的钱是老张给的。

张依显然也看出了这点，笑着说：

"那好吧，什么时候你到省里我请你。你帮我点菜吧，我随你。"

他要了一份炖羊肉和两个清淡的小菜，叮嘱毛喜好好做，毛喜乐呵呵地答应着进了后厨。大堂里只剩下他和张侬，暖暖的阳光透过玻璃平展展地铺在地上、桌上，街上没有过往的车辆，显得格外安静。张侬坐在阳光下打电话，像是打给报社的，她头发上罩着一层金黄色的光晕，面前的茶杯冒着腾腾热气。这是一个多么美好的正午，他，一个只读到初中，每天在低矮狭小的井下坑道里弓着身子爬进爬出，只关心每天挣到手的那二十几元钱，从来不知道什么侏罗纪什么古生物化石的打工仔，一个在荒山野地里蜷缩在四处透风的破窝棚里饱受饥饿和寒冷折磨的流浪汉，如今却坐在这样温暖的屋子里，与对面这个浑身散发着书卷气，连打电话的样子都很优雅精致的来自省城的记者共进午餐，真像是一个现代都市的童话。但是，你不会知道，我也读过很多书呢。就在这一百多天，在你见过的那个小窝棚里，我读过《古生物群落》，读过《消逝的地质时代》，那是从文馆所那个白头发的老头那里借来的。我还借了《人类的文明》《物种起源》《中国通史》《世界通史》，整整几大部。那一百多天，我把过去很多年没有读的书都给补上了。现在，我脑子里装满了那些历史、生物的名词，虽然还是残缺不全的，有些还是模糊不清的，但我已经开始走进这个陌生的领域了。这是一种全新的感受，这种感受，以前在矿上打工时，每到月底把一叠不太厚的钞票领到手，留下几张做生活费，剩下的都在邮局寄给家里时有过，但每个月只能享受那么短短的几天。而在这一百多天里，我几乎每天都能享受到那种读书带来的充盈在心里的快乐。我知道和你相比我还是个小学生，你接受过正规的高等教育，要是我把我在窝棚里看的书说给你听，你一定会笑话我。你和文管所那个白头发老头一样，都是有大学问的人。但你还能陪我来小镇上这个脏兮兮的饭馆吃一顿午饭，陪我在那个破烂不堪的窝棚前坐了整整一个上午，这让我感觉舒服。

马龙觉得，眼前这个记者跟以前来的那些不一样，冲这点，他应该把人家想知道的东西痛痛快快倒给人家。听她刚才给报社打电话，说是还要在这里待几天，是自己没有把人家要采访的东西说出来。但是他已经不善于说话了，他感觉语言能力正在一天天失去。这一百多天里，他很少能碰到一个能和他聊聊天的人，有时候十多天碰不到一个人，他觉得胸口憋闷了，就站在窝棚前的空地上，对着面前一眼望不到边的荒山喊上几嗓子。后来，看书使他静下了心，闷的时候，他就在一个本来是记账用的小本子上写下几段话，他已经记了厚厚一本子了。但是，他没有拿给任何人看，他怕那会惹来别人的嘲笑和不屑。

张依打完电话，屋里一下子静了下来。这安静让马龙觉得有些不自在，低着头只顾大口地喝着面前那杯涩涩的茶。

"你是哪里人?"张依问。

"黑城。"那是个西部贫瘠的小城镇，那地方我敢说你一定没去过，你也想象不出那里是个什么样子。我在那里生长了二十年，我第一次出门来打工挣钱，因为我妈的眼睛快不行了，我想挣下点钱来给她看眼睛，我还想把我家那几间破旧的房子修一修，给还没出嫁的妹妹置办几件像样的嫁妆。可是，你不知道，这一百多天我不但没有挣到钱，还欠下了一千多元的债。

马龙的眼神开始黯淡起来，张依注意到，每次提到他不愿触及的话题时，他的眼神就会露出这样的神情，让人难以接近。

"黑城，那里我去过。"他没想到眼前这个记者对他的家乡并不陌生。"去年夏天去的，那里受了旱灾，庄稼全都旱在了地里。一位戴着白盖头的回族老奶奶给我端了一碗窖水，我那是第一次喝窖水，很涩，碗底有很多泥沙。但很多人家就连这样的窖水都没有了。我在那里待了一周，走了很多地方。你那时还在黑城吧，没准我们还见过面呢。"

张依的话并没有引起马龙谈话的兴致，反倒让他陷入了那段痛苦的记忆。因为没有水，麦田干裂着一指头宽的口子，像一张张大口吞食着他们一年的收成。妈和村里人每天站在田埂上叹息着，眼睁睁看着麦子一天天枯黄。窑里的水还不够人用的，每天都能听到村子里处处传来牛羊那喊哑了的叫声。村里的孩子几个月洗不上一回脸，脸上始终蒙着一层厚厚的污垢，时间长了，就发出黑亮黑亮的光泽。妹妹那条油亮亮的大辫子也成了乱蓬蓬的毡片片。那些绝望的眼神，那些牲畜的叫声，那一切干旱的迹象都让他整夜整夜睡不着。就是那时候，他和村里其他年轻人一样，背起铺盖，跑到这几百里外的青石堡煤矿打工，想挣几个钱帮家里渡过难关。但是，有好几个月了，他甚至都不知道妈和妹子现在靠什么生活，妈的眼睛怎么样了。

正在这会，毛喜长长地吆喝了一声，把热气腾腾的羊肉端了上来。吃饭的时候，张依没再问什么。因为马龙吃得很香，让她不忍心去打断。没有什么能比饥饿更让人忘记一切的了。马龙起初尽量学着张依的样子，吃得很斯文，但浅尝之下，他的旺盛的食欲不可遏制地膨胀起来，等到张依说自己吃不下了，他就毫不客气地把面前盘子里的食物一扫而光。他擦了擦额头津津的汗水，看到张依怔怔地不知盯了自己有多长时间了，脸就腾地一下红了起来。

四

吃过饭，张依并不急着回去，也不再询问关于恐龙化石的事，而是让马龙带她到曾经打工的青石堡煤矿去看看。马龙犹豫了片刻，这半年多他到过煤矿很多次，每次去都是为了借钱，同村要好地工友几乎都借遍了。开始时一次能借上二三百元，那时大家正在谈论他发现了宝贝，将来能赚大钱，他对前景也信心十足。后来看到他的处境，就都渐渐没了信心。他自己开口借钱时也没了底气，凭着同村多年的交情，工友借给他几十元，也都不指望他能还上。就这样累积下来，他已经借下一千多元的账了。他现在还没有钱还账，不好意思回去面对工友。其实这些都还在其次，他知道自己最怕的是会遇到海霞。

看着他沉默，张依在想是不是无意间刺伤了眼前这个挺骄傲的男人了。和自己在一起，能感到他很局促，有意识拉开一段距离。也许自己这个开着小车、穿着入时的省报记者让他感到了一种很大的差异，这是一种文化、物质、社会地位造成的差异。现在，自己提出要去看看他原来打工的地方，其实是想更全面地了解和接触他这个人。但那里同样简陋同样恶劣的工作生活环境，可能加剧了他对这种存在于两人之间差异的感受。他不会觉得我是在有意要让他难堪吧，他现在毕竟是发现和保护了恐龙化石的焦点人物，可能不想让人们了解以前那个钻煤巷子的打工仔了。但她的确很想从马龙打工的地方开始这篇报道，也许人们感兴趣的只是一件事情的结果，比如在她读过的所有关于太阳山恐龙化石的报道中，最简单的一篇发在一家在全国影响很大的报纸上："近日，在太阳山发现了数量众多的恐龙化石，这是我国目前发现的保存最完整的恐龙化石群之一。"只有结果，只有干巴巴的科学论断，所有的背景和过程都被省略了。也许这些大报没有必要去关注太阳山恐龙化石是怎样被发现的，又是在怎样暴露于地表近半年之久的时间里被完好无缺地保存了下来。但是作为省报的记者，她感兴趣的是那些被忽略的背景和过程。即使自己的决定会刺伤这个男人的自尊，也要继续下去。

张依有意催问："不会不方便吧?"

被张依这样一问，马龙有些不快，觉得自己刚才的想法很不体面。这半年多来，工友没有跟他催过账，而他也一直把借的每一笔账都清清楚楚记在本子上，借的账他一定会还上的。就算记者不提，他也应该去看看一起打工的工友，不该动了躲着他们的念头。而海霞，她应该已经不在这里了，也许这辈子也不会再遇到她了。他又狠狠喝了一口杯中的茶，那可是老板毛喜专门用来招待贵客的上好的八宝茶。他起身走到门口，撩起门帘对张依一招手："走吧。"

　　去往青石堡煤矿的路更加难走，小巧的福特嘉年华摇摆着像只在风浪中颠簸的小船，车轮卷起地上厚厚的煤屑，托出一道长长的乌黑的尘烟。想起车身那擦得发亮的红色烤漆，马龙觉得很歉意，小声说了句："回去我给你擦车。"

　　张依愣了一下，不过马上就明白了他说这话的心理，笑着说："好啊，那我先谢谢你啦。"

　　路不远，等看到几处歪歪扭扭的平房时，马龙说："到了。"下了车，马龙指着中间的一间平房说："我原来就住那里，看到前面那个吊塔了吗？那地方就是井口。"

　　那是口斜井，每天上工时要坐着传送皮带下到地面以下40多米的地方。那里是一片黑色的世界，等我们在地底下干完活再坐着皮带溜子上来的时候，就只有牙齿和眼珠子是白的，其他部分全都被漆成黑色了。洗澡的时候，你就是用光一整块香皂，用力把全身皮肤搓得通红，那皮肤下面，那毛孔里也还是泛着黑色。这儿的人把我们这些下井挖煤的人叫"煤黑子"，我们就跟那些煤一样，再怎么洗也洗不白净了。周围很静，大概工友们都在午休，除了偶尔有几辆装满煤的卡车轰隆轰隆经过。

　　"来这里打工的应该有不少是你的同乡吧?"

"嗯。"我们一起出来了十几个，那时肩上挑着养活一家人的担子，虽然活很累，挣得钱也不多，可是，每个月能寄给家里好几百元钱，就感觉是个堂堂的男人了。

"你出来打工有一年多了吧？没有回过家吗？"

马龙不说话了，低着头踢着脚底下一块黑乎乎的煤矸石。

"这两天要是有时间，我陪你一起回趟家。我去你家作客，你不会不欢迎吧。"张依笑着问。

马龙怔怔地看了看她，然后坚定地摇了摇头。不回去，回去要是娘和妹子问起这一年多自己在外面打工挣了多少钱，自己怎么面对她们。告诉她们不但没有挣到钱，还欠下了一笔不小的债吗？告诉她们这大半年的时间自己像个傻子一样看守着一座荒山吃尽了苦头吗？在黑城那个偏僻的地方，不会有人去关心挖掘恐龙化石这样的事。如果娘和妹子知道是他马龙发现了这一国宝级的恐龙化石，她们更想知道这些宝贝值多少钱，他马龙能挣多少钱。就像镇上人议论的那样，以为这下他可发达了，就像他发现的不是白垩纪的化石，而是一座金矿。可是，到现在他没有拿到一分钱，就连他请记者吃饭的这一百块钱还是老张给他的。

就这会儿，身边的一扇门开了，一个妇女端着一口大锅，低着头把水泼过来，水几乎泼在马龙身上。那妇女抬起头，歉意地笑了笑就进屋了。马龙却呆住了。海霞真的走了，新来的厨子已经代替了她。可是，一年以前，就和刚才一样，海霞洗完碗筷，端着一锅水泼向路边。他低着头从门前走过，一锅水全泼在了身上。十几个在门口吸着烟的工友大笑起来，海霞张大了嘴巴不知所措。那时他刚来不久，只知道这个和自己妹子一样年龄的女子是做饭的厨子。衣服上还淋着水，他站在那里却发不起火，踩着湿叽叽的一双破球鞋就往住处走。海霞追上来要他把衣裳换下来去洗，他不肯，干的就是这样一份脏兮兮的活，穿不了干净衣裳的。可等他干活回来，海霞还是把他换下的衣裳洗了，洗的干干净净，散发着一股淡淡的洗衣粉的香气。几个年长的工友羡慕地说宁愿被脏水泼上十次呢，可他们就是答应给海霞买镇上最好的化妆品，也换不来这样的待遇。海霞从没给他们这些男人洗过衣裳。

想起这些，他的表情忽然烦躁、痛苦起来，扔下张依，一个人向井口处走去。

是我对不住你，海霞。我让你失望了吧。虽然你已经远远地离开了我，成了别人的媳妇，可我怎么能怪你。在你苦苦哀求我让我放弃荒山上苦行僧一样的生活，和你一起去开创一份新的生活时，我却像被什么迷住了心窍。我没听你的话，没有听任何人的劝告，就那么倔强而执拗地守着那荒山，守着那几堆上亿年的枯骨。是我抛下了你，我抛下了一切，不顾命地要去干一件让你和别人无法理解的事。为了什么？就因为文馆所那个老教授的一席话一下子把我震蒙了，让我从自以为是回到了无知蒙昧的状态。他给我描述的是一幅多么神奇诱人的场景啊，那是我完全不知道的一个世界。对，我就是被这样的场景迷住了。

"小伙子，你知道你发现了什么吗？"那个老教授趴在地上看了整整一上午后，激动的眼睛里冒着光，他抓住我手的时候，他的全身都在战抖着。

"这是一个宝藏啊。难以想象，真是难以想象，我活了一辈子，从来没有想到我们这个小县城里居然埋藏着这么巨大的一座宝藏。太了不起了，小伙子，有一天你的这个发现会轰动世界的，会让我们这里成为世界的焦点，想想吧，这是多么令人震惊的事啊！"

冷静下来，老教授拉着我的手坐在那几块裸露在地表的奇怪的石头跟前，把我的手放到那些石头上面，引导着我轻轻抚摸着。

　　"知道你的手摸到的是什么吗？是历史，是上亿年的历史。这段历史比人类的诞生还要早得多，躺在这里的很可能是地球上最古老的生命之一。你知道我们中国的龙吗？其实那种龙是没有的，是我们的祖先凭借想象创造出来的。但是，在远远早于人类诞生的二亿多年前，地球上的确存在着另外一种龙，它们有的长着巨大的翅膀能在天上飞，有的在地上爬行，有的在水里像鱼一样游来游去。那时的地球上啊，只有它们是绝对的王者，是真正的霸主，它们主宰着整个地球。那时的地球，气候温暖，水分充足，到处都是茂密的森林。就像我们脚下这座光秃秃的太阳山，在上亿年前，这里就是一片一眼望不到边的森林，所以这里才有煤矿，才能挖到煤。这些茂盛的植物滋养了众多的生命，也给这些龙族提供了丰富的食物，它们每天不停地吃，结果有的贪吃的家伙就长得体形巨大无比。你现在摸到的这条龙估计可能就有十几米高，十几吨重呢。你想象不到吧，哈。"老头说得眉飞色舞，"小伙子，要是我还没有老糊涂的话，你发现的这家伙应该就是恐龙化石，你看，它的一块骨头就有两米多长，是个真正的巨无霸。"那是我第一次听到这么详细的关于恐龙的故事，此前我对恐龙的知识几乎是一片空白。我在最初发现这块奇怪的石头时，只想到这下面可能是一座古墓。我骑着自行车跑了 30 里路到县文管所讲给那些正在办公室里喝茶闲聊的人听时，他们像是在听一个孩子讲一个离奇的梦一样，一脸的嘲讽和不屑。就在我想转身离开的时候，这个老头进来了，他详细问了我那块石头的形状、颜色、大小，然后让我第二天领着他一起去看。他真的来了，一下子把我领进了一个如此新奇而未知的世界。说起这一切，海霞，还要感谢你呢。还记得那些天你说胃疼，吃不下东西，我记得家里人曾经说吃刺猬肉可以治胃病，那天我休息，去太阳山就是想为你捉一只刺猬，我却意外地发现了这些石头。我没有想过这些石头会给我带来什么，是那个老教授让我知道了这些石头都是宝贝。那天，他在讲完关于恐龙的故事后，紧紧拉着我的手说：

"小伙子，我老头子想私下里求你件事。这些宝贝已经重见天日了，就不能在这里被埋没掉。我要带着这些照片和样本去市里，去省城，实在不行就去北京，找一些这方面的专家，我要去说服他们，把他们带到这里来，给这些宝贝定个身价。我老了，剩下的时间不多了，但愿能在有生之年看到这些宝贝出土。小伙子，我看你厚道，想求你帮我一个忙，在我还没有把那些专家和经费争取来之前，抽空过来照看一下。这些宝贝藏了上亿年，现在露出土了，可别让什么人给破坏了。"说着，他从衣服口袋里掏出三张新崭崭的百元钞票塞在我手里，握紧了，神色凝重地说：

"如果事情不顺利，可能要拖到明年春天，一入冬就没办法挖掘了。时间是长了点，不过，最多半年，明年开春，我一定会回来的。拜托了！"

他说这话时，就像一个将逝的老人在把一件重要的事情嘱托给身边唯一的亲人。是的，就像我的父亲，在我还不满十四岁时，父亲躺在病床上就是这样拉着我的手，战抖着说："儿啊，以后这个家就交给你了。"我想都没想就答应了那个老头，就像当初答应我父亲一样坚定。从那一刻起，我对自己说：直到面前这白发苍苍的老人回来，这些宝贝一定会好好地躺在这里，不会出一点差错，我保证。

五

从煤矿回到挖掘现场，张依坐在临时搭建的工棚里整理笔记，马龙真的提了一桶水，小心翼翼地擦拭着那辆车上厚厚的尘土。张依没有阻拦，这个男人决定做什么事，是很难阻止他的。在这一百多天的坚守中，他已经证明了这一点。今天是采访第一天，虽然他说得很少，但这么相处下来，他不再那么排斥自己了，接下来的采访相信会顺利起来。我相信，一个寡言的人他的内心肯定藏着许多鲜为人知的故事，我要把这些故事挖出来，就像挖掘这些埋藏了上亿年的恐龙化石一样。

挖掘现场的一号坑里，在一个古生物学博士的带领下，大部分的恐龙化石渐渐被剥离出来。那是两条缠绕在一起的龙，一节一节的巨大的龙骨凸起在坑底，沿着坑的西北角依次是趾骨、小腿骨、大腿骨、尾椎骨、脊椎骨，尤其是这些脊椎骨，它们保存完整，几乎连位置都没有移动过。在研究古生物化石的过程中，脊椎骨和头骨最为珍贵，因为这些地方神经丰富，对研究物种的形态、生活习性都是至关重要的。这具龙骨保存得这么好，极有可能会发现头骨。要是真的能找到头骨化石，那可真是无价之宝了。一旦找到头骨，那将会轰动世界的。下一步的挖掘要更细心，进度可以慢下来，但绝不能出一点差错。

擦完车，马龙坐在一号坑边，静静地听那个博士给参与现场挖掘的人员讲解指点着。

这个高高瘦瘦的博士一定是个更了不起的人，看着这些散布在坑里的骨头他就能讲出这么多学问来，这大概就是老教授说的专家吧。老教授说到做到，真的把专家请来了，他也坚守着自己的诺言一直守护着恐龙化石，可是，他却再也见不到那个和蔼的白头发的老头了。

老教授那一次对他说的话竟然真的成了临终嘱托。

多好的老头！是你为我打开了一个全新的世界，让我感受到了一种不一样的生命。如果没有你，我可能会在那个漆黑的地下深处采一辈子煤，我不会知道什么是恐龙，什么是侏罗纪、白垩纪，在那地球演变，生命诞生过程中的上亿年的时间里究竟发生过什么。

从父亲去世那年，马龙就辍学了，学习知识的过程从此中止，从那以后他所有的学习都是关于如何生存的最实用的知识，什么时候种小麦，什么时候种玉米，今年的粮食是什么价，黑城以外的知识都似乎不需要去了解，也无暇顾及。那天，老教授在恐龙化石旁的一席话一下子把他带到了黑城以外很远很远的地方，那些神奇的未知的东西以极强的力量诱惑着他。就在那次谈话后不久，他去找老头，说是想借几本关于恐龙的书，他说他不能整天守着一堆自己都不知道是什么的东西。老教授把他领进自己的书房，面对那一屋子的书他显得不知所措，竟然忘记了自己是来干什么的。那些排列整齐的厚厚的书就像一位位神情严肃、高深莫测的老人，让他相接近却又不知道从什么地方入手。老教授那天亲自下厨为他做了一顿饭，饭后，两人坐在阳台上，就着暖暖的阳光长谈了一个下午。除了讲恐龙，教授还讲了很多，讲到古生物学的研究价值，讲到文物保护的意义，讲到人类精神活动对人类文明进程的推动作用。有些他听得懂，有些他根本不明白，但他静静地听着，细心感受着这样一种令他不安、令他惊慌，却又令他着迷的气氛。临走时，教授选了几本书送给他，对他说：

"这些书不会改变你的生活，但能让你和你周围的人不一样。"

就是在那个下午，他脑子里有了一个模糊的念头：原来人不但要活着，还要活得有精神。

冬天的时候，他又去了一趟文馆所，那时他正发着高烧，全身冷得发抖。他想去问问那老头，什么时候才能开始挖掘，他已经守了两个月了，这期间，他赶跑了几十拨想来太阳山挖宝藏的人，这些人都凶巴巴的，扬言要收拾他呢。他想问，还要看护多久；还有，身上的钱也快用光了，他总不能饿着肚子守下去吧。30 里路，他搭着沿途拉煤的车一路走走停停，到县城时，他觉得身体快散架子了。来到文馆所，从那些吃惊地看着他的眼神里，他能想象到自己当时的样子一定很可怕。问起老教授，一个胖胖的大姐惊讶地望着他说：

"你还不知道？他半个月前去世了。"

他一下子呆住了，全身一阵阵地发冷。

听那个大姐说，那老头带着一堆资料从市里找到省里，想让有关部门相信那些石头的价值，争取到一笔保护和挖掘经费，但人们对他说得最多的就是：等一等，还有很多更重要的事。老头急了，据说有一次他直接闯进市委会的会场，当着那些高官的面拍着桌子说：什么事情比保护和挖掘国宝还重要？你们就不能把你们开闲会，扯闲蛋的时间挤出一点来给我这个老头子，听我说两句？闯会场事件后不久，老头就生了场大病。老人心脏不好，不能动怒的。病中，他把所有的资料和自己的判断依据寄给了北京中国科学院古生物研究所。还来不及等到回音，他就匆匆走了。

他倚着走廊的墙站住，一时无法接受再也见不到那位慈祥老人的事实。他的身体在微微发抖，像是一下子失去了目标。老人走了，自己该怎么办？继续自己现在所做的事情吗？那就意味着要靠口袋里所剩不多的钱和自己这病得极度虚弱的身体来抗过这个漫长寒冷的冬天了。来的时候，他还对自己现在所做的这件漫无期限又毫无利益可言的事情有些怀疑，现在他知道了，老头已经把命都扔在了这些宝贝上。不管会不会有人来，至少，答应过老人的话要做到，守过冬天，守到来年春暖花开。

他扶着墙摇摇晃晃往外走。那位大姐追上来又问：

"你病了吧，最好去医院看看。"

医院，那会花很多钱的。在辞去煤矿的工作把窝棚扎到太阳山时，他身上有不到五百元钱，那其中还包括老教授给他的三百，剩下的钱他全都寄给了家里。他当时以为，这件事最多也就是一两个月，到时，老人会领着一大批人来接替他，而他又可以回到煤矿挣钱了。五百块钱足够用了。现在，钱快用光了，时间也过去了两个多月，他才知道当初想得有些简单了。

走了几步，他又停住了。

"你还有别的事吗？"

"大姐，你们能不能给我发个标志，戴在胳膊上的那种？"

"你要那东西干什么？"

"要不我说话不管用。"

"那，你等会，我去问问所长。"

身上还是一阵阵地发冷，他紧贴着走廊的暖气管，耳边响着那些凶狠的声音："你算个什么东西，老子在这儿挖什么你管得着吗，这太阳山又不是你家的。"嘿，我是什么，看到我胳膊上戴的是什么了吗，我就是看守这太阳山的，有我在，你就不能乱挖。他喘息着，想象着说出这一席话时的豪迈。迷迷糊糊中，听到那位大姐叫他：

"所长说，要是发给你袖标，就等于雇佣你给我们看护，就得付给你工资。可是现在我们根本没有这笔经费，我们所是个穷单位，有时候连工资都发不出来，真不好意思。要不，你到街上找个裁缝扎做一个吧，不贵。"那位大姐倒是一脸的歉意。

算了吧，人家可能把我当成来要账的了。没错，人家没有雇我，是我自己跑到那里扎窝棚的。我扎下窝棚时没想着会这么难，没想着会熬到冬天。我现在都有点后悔了，可是我不能走，我心里过不了自己这一关。

他在文管所院外的小诊所买了包一毛钱一片的退烧药，走在路上直着嗓子硬生生吞下去了两片。吃了药，至少心里踏实多了。然后，他真的找了个裁缝店，花了一块五，做了一个袖标，红底白字地写着"看护"两个字。那个大姐说得对，一个袖标，不一定非得什么地方来发，但有了这东西，做起事来也给自己长精神。

其实按老教授的意思，他是不用住在太阳山的。他只需隔些日子去看看，更不需要辞掉工作。一开始他也是这样想的，但是就在他第三次去照看化石时，发现那块石头旁已经挖开了三四处深浅不一的坑，他最早发现的那块化石也被镐斧之类的工具砸得崩掉了一个角。他不知道关于太阳山地下有文物的传言已经在当地散播开了，一些人开始悄悄尝试着用最原始的方式来这里寻找财富。如果没人照看，用不了多久，这里就会被挖得千疮百孔，那些真正的宝贝就可能被毁掉。老教授借给他的书他已经认真看了不少，他渐渐开始认识这些化石的价值。老头说得没错，自己正在干一件了不起的事，这种事可不是每个人都能遇到的。要干就得干好，不能出一点差错。他给海霞说在太阳山发现了文物，文管所雇自己看护，说好最多两个月，然后还回矿上来。海霞也就信了。第二天，他就把铺盖卷带上太阳山，用一块帆布搭了个简易帐篷，成了这片荒山的第一个居民。好在十月天气，晚上并不很冷。

马龙清楚地记得，来到太阳山的第一个晚上，他梦见了父亲。父亲还是穿着生前那件洗得发白的藏蓝色中山装，戴一顶灰土布的帽子，背着手，在自己家的田埂上慢慢地走着。地里是一片绿油油的麦苗，迎风婆娑着。父亲走走停停，风吹着他的衣襟也一张一合的。看不清父亲的脸，将近十年了，想起父亲时，记忆里就只有这样一袭背影，父亲的面貌真的有些依稀不清了，但是这梦境他却异常清晰。父亲一生没有离开过黑城，没有离开过他的这几亩地。他就是围着这几亩地一圈一圈地转着，直到生命结束。这土地是他生活的全部，就是倒在病床上，弥留之际他念念不忘的还是地里的收成。农民离不开自己的土地。虽然离开黑城时，马龙想过再也不回那个地方，那里的土地太贪婪了，贫瘠和干旱就像一张永远填不满的大口，你播下什么，它就吞食什么。妈盼的眼睛都快看不见了，仍没有盼到这块土地长出希望。马龙没想到，自己有一天也会守着一片土地。但他知道，这是一片更深厚更广阔的土地，他在这土地里播下了希望，他要像父亲一样守着这希望。

梦醒时是后半夜，四周黑漆漆的见不到一点光，黑暗中他知道父亲来看他了。村里人常说，梦到亡故的亲人时，那是亲人挂念来看你了。他相信这是真的，父亲不放心自己，他在黑暗处看着自己呢。

黄昏时，海霞搭顺路拉煤的车到了太阳山，那时，马龙正躺在帐篷里捧着一本书看得入神。直到海霞把装满了饺子的饭盒递给他时，他才想起还没有吃晚饭。吃过饭，他拉着海霞在太阳山上散步，给海霞指那块裸露在地表的石头，给她讲这地下埋着一个多大的宝藏。他竭力想把老教授讲给他的那些都原原本本地讲给海霞听，但他知道自己讲得不好，他没有从海霞的脸上看到自己当初的那股子惊奇和兴奋，他肯定是把一些关键的东西没有讲出来，他的知识还太零碎了。海霞只是一脸愁容地问：一个人住在这里，吃饭怎么办？刮风下雨了怎么办？遇到坏人怎么办？这些他真的没有想过，老教授的话就像一团火，把他整个点着了，他的脑子里全是那些新鲜的事儿，顾不上想别的了。再说，从小到大吃了那么多的苦，什么样的困难不都过来了吗。

他在公路边拦了一辆到青石堡拉煤的车，海霞上车时对他说：

"要是太苦了就回矿上来，这份钱咱不挣都行。"

他点点头，说："路远，又不好走，以后别往来跑了。"

他就站在公路边，望着汽车越走越远，直到连汽车的影子也看不到了，直到黑漆漆的夜色再次潮水般漫过全身，把天和地严严实实地缝合起来。

六

张依在整理笔记时，手机响了，是他打来的。每天早中晚三个电话，他总是准时不误地打进来，问她起床了没有，吃饭了没有，晚上要早点休息。将近半年了，每次接电话，张依都有种奇怪的感觉，好像自己是在和一部被程序设定的用词考究、语气温和，而且绝对不会出错的机器对话。妈说，这是一种男人的成熟稳重，这样的男人靠得住。何况在政府部门工作，给领导当过秘书，如今又是某个部门炙手可热的人物，那意思好像许博文能看上她，是她捡了好大一个便宜。

"女儿啊，博文这孩子妈看着挺好，有教养，人又斯文，差不多就答应人家把婚事办了吧，博文他家也是这个意思。女人最好的时光就那么两三年，你都二十四了，再等两年你不急妈都要急了。"

这个叫许博文的男人是妈介绍给她的，妈把他当作准女婿看待，就等着他们俩结婚了。相处半年，她也觉得许博文人挺好，也很会照顾她，但他们之间就是缺少点什么，所以迟迟没有答应许博文的求婚。毕竟是终身大事，她还不想把自己这么稀里糊涂嫁出去。

张依接通电话，许博文那节奏感很强的声音传了过来：

"还在采访？今天能回来吗？"

"不回去了，我还要在这里待几天，采访还没结束。"

"噢，那里很偏僻吧，卫生条件也会差一点，吃东西要注意，感觉不舒服要及时吃药。"

"知道了，"张依赖赖地应答着，"还有什么事吗？"

"回来前告诉我，我去接你。我看好了一套整体橱柜，等你回来我们一起去看看。就这样吧，挂了。"

张依放下电话出了会儿神，这就是许博文，永远都那么慢条斯理，永远都那么文质彬彬。这半年来，她对许博文总是一幅爱搭不理的样子，可是许博文一点也不计较。她有时会问："许博文，你是不是从来不生气不发火，你对谁说话都这么不紧不慢吗？你这样让我觉得挺不真实的。"

许博文会笑着说："人不能被坏脾气支配着，人要理智，要清醒，只有清醒时做出的判断才是正确的。"

"包括在爱情中也要清醒理智吗？"

"我承认爱会使人迷狂，那样的爱也许使人感动，但不一定会持续很久，一旦燃烧过后就会很快降温。清醒的爱也许不够热烈，但会很持久。"他依然是一副镇定自若的微笑。

但是所有的女人都希望一生中有那样一次迷醉的爱，哪怕片刻。张依想。她把笔记本电脑关了，忽然想去看看马龙。从青石堡镇回来，自己坐在工棚里整理笔记快一个小时了，他在外面擦拭那辆福特嘉年华。现在，红色的福特车停在太阳底下，发着刺眼的亮光，马龙却不在跟前。

张依来到一号挖掘坑前，看到马龙正光着膀子在坑里帮着往外搬运挖出的土石。马龙干得很卖力，像是终于找到了一件得心应手的工作。他不愿意坐在坑边看着别人忙碌，而自己却一点也插不上手，他闲不住。干这样的体力活让他找到了一种状态，也许自己一辈子就是这卖力气的命吧，累上一身汗，可心里却说不出的踏实。他的后背上渗出一层密密的汗珠，随着他的动作，胳膊上的肌肉一块块鼓胀起来，飞扬的尘土薄薄地蒙了一层，让他的裸露的上身像是一尊完成不久的雕像。劳动就是这样创造着美吧。张依就立在坑边欣赏着，没有打扰马龙。她甚至有种很强的冲动，想为这个专注的男人挡一挡炽烈的阳光，想把自己的手放在他那油亮的后背上，帮他把那些尘土拂去。这想法让张依都有些吃惊，不知道它们是怎么从脑子里跑出来的。

马龙干得很酣畅，干这样的体力活他可以什么都不去想，只管使出全身的力气，不用憋屈着。等身体发热了，汗从每个毛孔里流出来，心里就敞亮了，所有的委屈、辛酸也就跟着从身体里流走了，只剩下沉沉的疲劳，那时就可以美美地睡上一觉。这是马龙调整自己情绪的方式，在家里时，遇到心气不顺的事，他就跑到地里疯狂地干上一通农活，干到全身流汗，筋疲力尽。在青石堡煤矿时也是这样，只要把全身的力气都耗尽了，就什么事都不想了。在太阳山的几个月，他没了可以拼命干活发泄的地方，他不得不把委屈、辛酸装在心里，一天一天，这委屈快装不下了。这么痛痛快快地干上一通活，心里舒坦多了。中午去青石堡煤矿，唤起了马龙对海霞的痛苦记忆，这记忆再一次以锤击斧剁般的力量折磨着马龙。在太阳山经受的所有痛苦，随着守护的结束，随着恐龙化石挖掘工作的全面开始，都变得不那么重要了。他吃了很多苦，可他熬过来了，他不但战胜了冬天，战胜了饥饿，他还学到了不少东西，读完了几大本厚厚的书，这些苦没有白吃。只有海霞，从他的生活中真实地永远地消失了。现在，当所有痛苦渐渐远离时，这种失去深刻地折磨着他。要是没有这一百多天的守护，他现在应该是和海霞一起幸福地生活着吧，他会把海霞领回黑城，领到妈面前，妈的眼睛虽然不好，但她会用那双粗糙的大手摸摸海霞的脸，会拉着海霞笑得合不拢嘴的。可是，这样让妈高兴的机会没有了，海霞永远也不会回到他身边了。在他到太阳山一个多月以后，海霞来了。

"你就不能为我离开太阳山吗?"海霞是在求他，他知道，在青石堡镇，越来越多的人视他为怪人，说他神经有问题，海霞的父母原本就不同意他和海霞好，现在，他们逼着要把海霞嫁给一个拉煤的司机呢。

"回矿上去吧，只要你不再守着这座荒山，家里人会慢慢同意我们俩的。"

他咬着牙不说一句话，他的话都憋在心里。海霞，就算我跟你回去了，继续当一个煤黑子，你的父母还是不会同意我们在一起的。他们是嫌我穷，他们不会让你嫁给我这个穷小子的。我守着这座荒山，不是期望着能发财，我只是不能放下自己对一个老人的承诺，就像我对你的承诺一样。不管你的父母怎样阻挠，只要我们两个人的心在一起，我会带着你去努力创造我们的生活，我会用汗水换来的钱为我们添置一件件生活用品，把我们的家撑起来。相信我，海霞。我答应过的就一定要做到。我答应过老教授要看好这座山，我必须做到。不管要吃多少苦，我不能把自己说过的话扔在一边。我答应过你要照顾好你，我也会做到，只要给我点时间，让我做完现在做的事。不管别人怎么看待我，我相信自己所做的事是有意义的，我一定要把它做好。我知道你顶着家人的压力很累，我知道你现在最需要我站在你身边，和你一起把这压力扛起来，可我不能走啊，我走了那些人会把这里挖得面目全非的。这些化石躺在地下上亿年了，我发现了它们，我不能让它们因此被破坏。

海霞，也许你永远都不会知道当初拒绝你的恳求我有多难。你说在我心里你还不如一堆石头重要，你不知道为了这堆石头，老教授把命都搭上了。如今化石出土了，太阳山一下子出了名，我兑现了对老教授的承诺，其实也是对自己的承诺，可我却永远失去了你。你要是等到今天，会明白我当初的选择吗？不会的。你是带着失望离开我的，你可能会记恨我一辈子，因为在你看来，我把石头看得比你重，我真的是脑子出毛病了。

马龙是看着海霞从自己的眼前消失的。那时他躺在刚刚搭起的窝棚里发着高烧昏迷了三天，觉得自己再也站不起来了，几滴眼泪打在了他的脸上，他睁开眼睛，看到海霞坐在头顶，忽忽的冷风从窝棚四壁灌进来，海霞的身体抖动着。他想翻个身起来，但是身上像压着块石头，他就那么躺着，任海霞用一只手抚摸着他蓬乱的头发。他整个人就像一具尸体，一动也不能动。是不是自己真的快不行了，海霞是来给自己送行的吗？胳膊上的伤口快把全身的血都流干了，他躺在那里没有一丝力气。

"我现在知道你为什么不离开这里了，你把这些石头看得比命还重要，我在你心里比不上这些石头。我要走了，家里已经答应了那人的提亲，以后再不能来看你了。好好守着你的石头吧，看你能守个什么结果。"

海霞把一个包裹着厚厚一层毛巾的饭盒放在他头顶，起身出了窝棚。他拼命翻过身爬起来，胳膊上的伤口又开始钻心一般疼起来，这疼痛让他清醒了许多。他爬到窝棚门口，眼望着海霞走上一个小山坡，又一点一点消失在山坡上。冷风把他脸上的泪冻住了，冻成了硬硬的冰碴子，他趴在门口感觉着心和身体一点一点地凉下去。海霞的话钢针一样刺进他心里，海霞走了，这就是守护的结果吗？冬天才刚刚开始，窝棚里几乎和外面一样的冷，身上的钱快花光了，胳膊上的伤口不知道要过多久才能好，这样的守护会有结果吗？有一刻，他对自己这两个月来所做的事完全失掉了自信，他想喊住海霞，答应她一起下山，结束这种看不到结果的无望的守护，答应她回到矿上，去和海霞过一种普普通通的生活。他守了两个月，吃了这么多苦，对得住老教授了。他和这些石头没有任何关系，别人想怎么挖就怎么挖去吧，没有人请他来看护，他对这些石头也不用负任何责任。但喉咙干裂得说不出一句话，他知道，现在说什么都晚了。当海霞恳求他下山时，他没有答应；当冬天来临，天气一天天冷起来，光秃秃的太阳山上根本没法待下去时，他也没有下山，他在山坳里搭起了这个低矮的窝棚。从一开始他就没想过要下山，要中途放弃。就是为了要个结果。他和海霞的事已经有了结果，虽然这结果让他没法接受。接下来只有守护太阳山这件事了，海霞说得对，他一定要守出个结果来，要给老教授一个交代，要给青石堡镇的人一个说法，让他们知道他马龙不是脑子有毛病的人。还要给海霞一个交代，要让她知道，他在做一件大事呢。

马龙硬撑着把海霞带来的饭盒打开，一饭盒香喷喷的饺子还在冒着热气，这是海霞留给自己的最后的温暖了，在这个漫长的冬天，他只有靠自己去熬了，不会再有人来关心他，也不会再有人来动摇他守护下去的决心了。他把最心爱的人都丢下了，为了这个，他必须守下去。马龙哽咽着把一盒饺子吃了下去，身上渐渐暖和起来，活下去的意志和希望也渐渐回来了。

一直站在一号挖掘坑旁的张依不会知道马龙是在用拼命干活的方式来宣泄痛苦，她看着马龙却忽然想到了许博文。许博文的手白皙得像女人的手，身上的衣服总是纤尘不染，他非常看重自己的仪表，不吸烟也不好酒，从不在街边小摊上吃饭，那种精致之处让张依都自愧不如。张依总觉得男人除了知识和教养，还应该有粗犷的一面，就像眼前这个拼命干活的男人一样，吃了那么多苦，装着那么多辛酸和委屈，但却咬着牙把一件事坚持做到底，这样的男人更能显示力量。许博文和马龙无疑是不同的两类人，许博文养尊处优，从来没有吃过生活的苦。许博文如果换在马龙的位置上，他不会冒着被冻死饿死的危险，去做一件当时看着毫无意义的事。他会冷静分析，他不会执着冒险。可是，许博文的性格无疑更适应这个社会，而马龙如果换在许博文的位置上，他不会在仕途上一帆风顺，他太认真了。他们生存的环境和所受的教育把他们固定在了生活中的某一个点上，让他们成为彼此完全不同的两类人，他们都很难超越各自的生活角色。那么自己呢，出身于书香门弟，受过高等教育的她，是不是也必须遵循这样一条原则，与一个和自己学历、社会地位相当的人结合？爱是不是也无法超越两个人所属的阶层？张依觉得这样追问下去有些烦躁，在家人的干涉和周围同事的议论中，婚姻成了一个不得不去面对的问题，可她似乎还没做好准备。

七

虽然挖掘现场搭起了简易工棚，但马龙还是习惯住在他的窝棚里。吃过晚饭，他就早早钻进了窝棚。他有些累了，一下午都在拼命干活，他把自己累坏了。那个记者好像看出他心里不痛快，下午没再找他，就待在旁边让他痛痛快快地流汗，她真的能看透人的心思呢。她和别的记者不一样，冲这点，自己不应该再为难人家了，明天一早，把她想知道的都告诉她。在这一百多天里所受的苦他已经整理清楚了，包括和海霞的事。所有这些都过去了，这些一直折磨着他的记忆该抛下了。

马龙从枕头下摸出一个牛皮纸封面的本子，本子的前几页记着他从工友那里借钱的账目，一共是 13 笔，1150 块。后面全是他在这一百多天里记下的心里话，那是他在孤独中寻求安慰的唯一方式。他把记着账目的那几页撕下来揣在怀里，这个本子明天就送给那个记者吧，让自己再去回忆这一百多天的经历是痛苦的，她想知道的这个本子里都有。马龙把笔记本塞回枕头下，翻身躺下。虽然累，但却睡不着，他大睁着眼睛瞪着黑乎乎的窝棚顶。看守太阳山的工作结束了，他每天待在这里成了个摆设，明天送走那个记者，再没有人需要他了。他要盘算一下自己的今后，毕竟，还有一千多块钱的借款要还，妈和妹妹也在家里等着他把钱拿回家呢。继续回青石堡煤矿吗？那里的生活虽然不是他想要的，但每个月可以从那里挣到七八百块钱，这是他现在最需要的。马龙决定明天就走。他又翻起身，找了根绳子把从老教授那里借来的几本书扎成一捆，剩下的就是一床铺盖和几个锅碗，这就是他所有的家当了。

他在收拾东西的时候，一个长长的影子从门口投了进来。是张依，他顿时局促起来，这个小窝棚太寒碜了，他的自尊心让他强烈地想遮掩一下，但是窝棚太小了，张依站在门口就可以一览无余。

"怎么你要走吗？去哪儿？"

"回煤矿，这里的事我做完了。"他顺手抽出枕头下的笔记本递给张依。

"这是什么？"

"你想要的都写在里面。"

张依打开笔记本惊喜地叫了起来：

"太好了，想不到你记了这么多日记，这下我可找到宝贝了。本子先借给我怎么样，用完还你。"

马龙低看着远处说：

"你留着用吧。"

是的，这个本子对你有用，但对我已经没有用了。明天我就要回到煤矿去了，那里有很多活等着我去干，只要我有力气，我可以一个人干两份活，那样我就可以多挣些钱，早点把账还上，早点回去看妈和妹妹。那里一间屋子里要住二十几个人，再也不用发愁找不到说话的伴了，我没时间也没地方再写了。

张依觉得马龙这话说得有些沉重，想起他前面的话，一下子明白了他的处境。

"你是说还要回到煤矿去打工吗，你为保护恐龙化石付出了那么多，怎么能就这么让你走。我去找文管部门，他们应该考虑你的问题，给你应有的待遇。"

"算了，是我自己来的，人家从来没有雇过我。"马龙想起那次到文管所的遭遇，心里依然结着一个疙瘩。

"我自己有手有脚的，能养活自己，不用去求人家。"走吧，再待下去真的就是赖在这里等着别人的施舍了，这么多天了，没人说起过他今后的事，他不能就这么眼巴巴地等着。他发现并看护了这些恐龙化石，他把这经过全都讲给那些记者了，每个记者都听得很认真，他们夸他了不起，夸他为太阳山恐龙化石做出了不可磨灭的贡献，将会被后人记住的。这些话说得他害羞了，他可没把自己想得那么了不起，他只是做了一件事，而且尽力去做好了。但他心里也期待着随着恐龙化石的挖掘，能给自己带来一些变化，一些令他振奋的变化。可是，一批又一批的记者走了，他们采访完，回去写上一段几百字的消息就交差了，挖掘现场大家更关注的是那些化石，作为化石的发现者和保护者，他的唯一酬劳就是每天可以从现场工地上领到三餐的盒饭。恐龙化石的发现者和保护者只是一个空空的称号，并不是一份职业，一份可以领到工资让他还账吃饭的职业。

张依蹲下身，看着目光阴郁的马龙，心里隐隐心疼起这个骄傲的男人来。他受了太多委屈，可他都装在心里了，人们在话语间谈论着恐龙化石，谈论着他，却在心里把他遗忘了。没人关心他的生活，没人看到他内心的苦。就这么让他不声不响地走了，对他太不公平。

"马龙，先别走，太阳山恐龙化石刚开始挖掘，可能有关部门一时还来不及考虑你的情况，耐心点好吗，你应该得到一定的补偿。"

马龙苦笑了，没有什么是应该的。老教授本不应该死，可他却死了；海霞本不应该走，可她也走了。最大的错误就是自己不应该来到这太阳山，不应该一脚踢出这埋藏在地下上亿年的化石。

张依第二天一早就走了，走的时候给马龙留下了自己的电话号码，她要赶回去写稿子，还要帮他找有关部门去呼吁，希望他的归属问题也能尽早得到解决。

八

张依回到省城就把自己关在屋里，没日没夜地赶写稿子。中间许博文打了好几次电话约他去看家具，出去吃饭，她都拒绝了。马龙的那本日记就放在她的书桌上，散发着一股浓重的混合味道，这味道多少有些难闻，但却能时时提醒她暂时拒绝走近那些高雅奢华的现代生活中。她自己也说不清虽然她出生于纯粹的知识分子家庭，但却为什么会对那些生活在社会底层的人有着那么强烈的关注。她看不得那些被生活折磨得贫苦不堪的人，看不得他们的眼泪和叹息。她没办法克制自己的同情心，总是喜欢去关注那些特殊群体的生活和生存状态。报社的前辈们时常告诫她：意气用事是一个记者的大忌，但她不以为然。这次，让她感动的是这样一个人：这是个有着古代侠士般情怀的男人，为了完成一个老人的临终嘱托，不惜把自己置于险境和绝处，不管吃什么样的苦，目标始终如一，不求报偿，情义笃笃。张依有时常常问自己：为什么这样一种无私博大的情怀，却时常显现在这些知识层次、文化水平都不高，挣扎在生活底层的群体里，而在那些受高等教育、衣食无忧的群体身上，表现出来的更多的却是狭隘、自私、庸俗、狡诈、无信。她想不明白，是不是人类本身就有着一种高贵的品格，而随着涉世的深入，很多人却失去了，用品格兑换了利益？还是这些品格根本就与教育无关，从出生的那天起，人性的善恶高下就已经确定了？一个粗衣鄙食、蓬头垢面的人，站在另一个华服美食、衣着光鲜的人面前也许会黯然无光，但如果具有一种高贵的品格，那么一切就都会颠倒过来。毕竟，人的高贵于否取决于思想和品格，而不是出身、财富、地位，这是张依这些年来越来越坚定的一点。

马龙在日记里记录了在守护恐龙化石的一百多天里，他内心的感触，他的语言是粗糙的，有些语言甚至不够流畅通顺，但文字间流动着的那种孤独、悲凉、绝望、坚持，却时时打动着张依。

11月19日，马龙在日记里写道：我在别人眼里是个傻子，没有人知道我在做一件什么样的事，连我也不知道。可我就是停不下来，我不能放下这一切，即使吃再多的苦。可能我的性格就是这样的一根筋，不会变通，反正这样做我心里踏实。答应了的事就一定要做到，不能半途而废。

12月23日，大雪。马龙写道：只有八块五毛钱了，一张五元的，三张一块的，五张一毛的，我把兜里的钱来回数了几遍，只有这么多了。吃的也快没有了，冬天好像才刚刚开始，再弄不到吃的东西和取暖用的煤，我就要饿死冻死在这里了。不过就算我死了也不会有人来找我，等到来年春天，也许人们会多发现一具遗骸，但是人们只会关注那些死了上亿来的石生物化石，不会注意到我。

1月9日，马龙，黑城镇五道梁子村一个农民的儿子，14岁丧父，中途辍学回家务农扶养母亲和妹妹。黑城土地贫瘠，辛苦劳作一年，到头来仅能供一家人温饱所需。20岁时离家打工，建筑工地当过小工，每天工作十几个小时，能挣到30元钱，但到年底结账时，总要被黑心的工头扣掉一部分，所剩不多。到青石堡煤矿打工时，偶然在太阳山上发现几块怪石，经文物专家考证，是古代生物化石。受人委托看护化石97天，冬寒、大雪、断粮。如果明天的太阳照不到我的窝棚里，那么，这里躺着的一个21岁的年轻人。以上就算是他短暂一生的记录了。

4月13日，在太阳山的第191天：昨天文物部门正式进驻太阳山，不久就要开始挖掘工作了。老教授，当初您满怀激情向我说起的那些龙，它们马上就要冲出掩埋了上亿年的岩石，以不可一世的姿态重新飞临人们的视线了。我第一次感觉自己完成了一件大事，我很欣慰。当我的名字和这样一件重大的事件联系在一起时，我觉得活着的意义都不一样了。不管这件事会不会改变我的命运，在这191天的坚守中，我已经脱胎换骨了。我学到了更多的知识，学会了思考，学会了用文字来表达自己的思想，学会了自己包扎伤口，学会了面对孤独、寒冷、恐惧，掌握了在最困难的绝境里生存的手段。虽然我失去的可能更多，但是我已经不害怕这个陌生的世界了。我坚持了191天，我做完了一件事，而且做得还不赖。这让我相信，以后不管有多难，

209

只要我坚持并且努力，也一定能战胜。生活贫困没有关系，我有足够的力气，我也能学会做更多的事情，我能挣到钱把欠下的账还上，为母亲治好眼睛，让妹妹穿上花衣裳，打扮得漂漂亮亮的，再给家里盖几间新房，这些我都能做到。因为最难熬的日子我熬过来了，在太阳山，这么冷的冬天我没被冻死，连着几天喝不上面糊糊我没有饿死，我什么都不怕了。

张依在读着日记的时候，同时也用心感受着日记里记录的那些艰难的日子：严寒、饥饿、病痛、孤独、绝望，在191天的守护中，马龙就像是现代生活中的鲁宾逊，在太阳山这座孤岛独自面对着自然界和生活中的种种严酷。当一种职责需要用生命为代价来承担时，这种职责早就超越了本身所具有的目的和意义。而马龙守护的只是一个承诺，除了老教授的那席话，没有谁曾授予他任何职责，没有人监督他，他完全可以卷起铺盖回到自己熟悉的生活中，不会有人指责他，更不会有来自任何方面的惩罚。可他就是执拗地守着那个四壁透风的窝棚，就像满身伤疤的士兵守着自己最后的阵地。张依曾经问过马龙，想没想过一走了之，因为太阳山恐龙化石跟他没有任何关系。马龙当时只闷闷地说了一句："我放不下。"这放不下究竟是放不下太阳山的恐龙化石，还是放不下对老教授的承诺，马龙没有说，张依也没有再问。她知道，对许多人来说，他们严守着自己做人的标准和原则，历百劫、临万难，在任何时候都不会降低或放弃这标准。

读完马龙的日记，张依打开电脑，写下了《一个孤独的守护者》这个标题，开始写她的采访文章。文章写完，她自己觉得还比较满意，至少把马龙守护恐龙化石的艰辛写了出来，那些隐藏在事件背后的故事被她都挖掘了出来。她要让读者了解这段故事，了解这样一个人，虽然这故事并不惊天动地，但却足以撼动那些在都市生活中日渐麻痹了的心灵。

张依没想到，当她把这篇文章交到总编手里时，等待她的却是一场风波。

一天以后，总编把她叫到办公室，一只手不停地拍着桌上的稿子对她说：

"这稿子有问题啊，你也算是老记者了，怎么能这么写呢？你把马龙写成了个孤胆英雄，在保护恐龙化石的过程中，似乎只有他一个人在独自做这件事，可是其他相关部门呢，他们一点作为都没有，这篇稿子要是这样发出去是会引来很多麻烦的。"

"事实就是这样的，马龙既是恐龙化石的发现者，也是保护者，在这么长的时间里，他一个人付出了那么多。可他现在没有得到任何补偿，如果不把这些都写出来，有关部门不会了解这一切，更不会考虑到他的问题。"

总编摇着脑袋打断了她的话："我要你写的是太阳山恐龙化石的挖掘过程，当然也可以写点故事性的东西，但基调一定要清楚，是为了宣传太阳山恐龙化石，不是为了宣传某个人。马龙为什么要去看护恐龙化石？是经过文物主管部门同意的吗？老教授还给过他三百块钱，说明不是没有人关心他。你写他吃了那么多苦，生病了没人管，到处借钱维持生计，这样写，马龙的形象是立起来了，那我们的各级政府相关部门呢？他们的形象成什么样子了？万一这些部门找过来说情况并不像我们了解的那样，那我们怎么办？这篇稿子必须得改一改，涉及个别部门的地方最好一带而过，不要写得太细。写马龙的那部分要淡化一下，不要让人看了就会联想到别的上面去。"总编说完把稿子甩给了她。

张依知道，要想说服总编是不可能了。不按总编的意思改，稿子肯定发不出去。要是改了，那马龙吃的那些苦也就没有任何意义了，一篇不痛不痒的文章不会引起多大的社会影响，马龙的问题也还是不会有人重视。正在一筹莫展时，许博文的电话打进来了。一番雷打不动的问候完了之后，无非又是约着吃饭，因为心情不快，张侬就约好在报社附近的一家小餐馆等他。

这是一家山西风味的面馆，店主是一对山西来的小夫妻，男人在后厨做饭，女人就在前面招呼客人。客人坐下后，女人就用山西口音向里面喊："刀削面一碗，多放些辣子。"男人在里面接一声："好嘞！"一唱一答的，让张侬总是羡慕不已。她觉得这才是真实的生活，有滋有味，浓汤厚水的。苦点累点都没什么，重要的就是那句，"好嘞"，听着都有股子劲儿，然而这样的生活注定不会属于她了。正思忖间，许博文推门进来了，依然是西装革履，一尘不染的样子。看到张侬，紧走两步在对面坐下，笑着说一句："来了。"就赶紧拿起桌上的餐巾纸，一点一点仔仔细细地擦拭餐桌。张侬静静地看他做完这一切，她已经习惯许博文的这种精致了。她知道像许博文这样的人，平时出入的都是高档餐厅，在这样的小餐馆就餐其实有点委屈了他，许博文这是在迁就她。关键是这种迁就让她很不舒服，许博文虽然坐在这里，却总是有些不自然。迁就也许是关爱的表现，但却不是生活的本质。

面热腾腾地端上来，许博文吃得很少，不时找些新鲜话题来说给张侬听。张侬心不在焉地吃着面，心里还想着那篇报道和马龙的事。回来已经一周了，不知道马龙怎么样了，他是不是真的又回到煤矿去了？回来时她信心十足，想着报道一见报，马龙的事就会引起重视，最终能给他一个好的归宿。可是现在她却觉得，要完成这样一件事似乎很难。

许博文大概是觉得他的话题没有引起张侬的兴趣吧，就把话锋一转，谈起了同僚间的佚闻趣事。

"前些天省委宣传部想推出一批岗位先锋和道德模范，给予表彰奖励，来弘扬先进，树立正气。没想到各市县报上来的事迹让人哭笑不得。有个县报了一个尊老孝敬模范，材料里说这个人为了照顾老人，大学毕业放弃了外地企业的高薪聘请，甘愿在家务农赡养老人。后来一查，这个人居然是县里某领导的儿子，大学毕业后倒是真的没去外地工作，不过原因是没有企业愿意要他，只好在家赋闲。什么敬老，其实就是啃老一族。现在有些官员，什么好事都想要，简直被利益冲晕头脑了。这样的事迹要是推出去，不是让老百姓骂我们吗。"

张依也笑了笑，忽然眼前一亮：

"我倒是有一个合适的人选。"

许博文要走了那篇关于马龙的通讯，答应回去后一定向有关部门推荐。许博文答应的事他一定会想方设法办妥的，这是他的为官之道。更何况这次是张依有求于他，他肯定会不遗余力的。虽然欠了许博文一个人情让张依心里有些不踏实，但想到马龙的事有了着落，张依心里又一下子敞亮起来。

许博文果然能量极大，在他的干预下，张依的稿子没有做太大的改动就顺利发稿了。那些天总编看他的眼神总是怪怪的，张依装作什么事也不知道，接着开始她的下一个采访任务。

报纸引起了一些部门的重视，但也引来了另一些部门的责难。几个文物主管部门联合找报社质问，说报纸片面夸大了马龙个人的作用，而抹杀了文物主管部门在鉴定、保护、挖掘过程中的作用，有报道失实之嫌，要求报社登报致歉。总编拿着一摞信函和电话记录扔到张依面前，一脸不满地对她说："看看，看看，我的姑奶奶，你给我捅了多大的娄子。我说什么你都不听，拿上面压我把稿子发出去了，这下你满意了吧？惹来了一堆麻烦。"

张依不知怎么辩解，其实她只是把报社的事给许博文讲了，请他帮忙把马龙的事迹推出去，没想到许博文会动用关系给报社打电话，让报社把那篇稿子发出去。看着盛怒之中的总编，张依只好说："报道真相肯定会触动一些人的神经，报社总得顶得住压力。要是您觉得这件事我要负责任，那我愿意接受任何处罚。"

总编白了她一眼，一言不发气呼呼地走了。

后来，还是许博文出面，平息了各方面的责难声。他是怎么做的张依并不清楚，只是有一天他打来电话告诉张依："省委宣传部决定授予马龙'诚实守信道德模范'的称号，并奖励他一万元钱。至于他的工作问题，我跟文物主管部门说了，他们决定先聘用马龙，以后再慢慢解决编制问题。文物部门也批评了几个下属单位的领导，说他们不该到报社闹事，要求他们配合省委宣传部的这次活动，把马龙的事情妥善解决好。这下你该放心了吧？"

张依知道，要搞定这些复杂的机构，绝不可能像许博文说的这样轻描淡写，他肯定做了不少工作。她有时很羡慕许博文这样的人，在自己看来很难的事，他总能想方设法解决。而许博文肯做这一切，当然都是为了她。身边能有这样一个男人是许多女人梦寐以求的，而且许博文对她也真的很好，极有耐心。虽然她对许博文不温不火，他却从不在他俩的事情上催他。做事从不张扬，不在她面前邀功，一副绅士的派头。张依知道，这样的男人其实是很难得的，但不知为什么，她总感觉他们之间缺少点什么。

忙完马龙的报道，张依又接了好几个采访任务，繁忙的工作让她无暇再去想别的事情，只是有时开车出去时，看到蒙了灰尘的车身，她会想起那个温暖的午后，一个有点野性的男人赤着膊，略显笨拙但又小心翼翼地为她擦拭着车。阳光均匀地洒下来，给他黝黑的脊背涂上了一层淡淡的金黄色，和车漆一样发着浅亮的金属光泽。

九

两个月后的一天，张依正在办公室赶写稿子，传达室打来电话说门口有人找。张依老远就认出了那个礁石般立在大门口的身影，是马龙。在人来车往的门前，他显得有些局促，不时侧身避让着身边的行人和车辆。一个人时他可以独自面对艰难绝境，但在拥挤的城市里，他有些慌乱了，他努力保持着镇定，不让周围的人看出他是个第一次进省城的没见过世面的山里娃，这是他惯有的保护自尊的姿态。张依远远地望了一会儿，忽然觉得因为马龙的存在，周围的一切都变得不合理起来。那些穿梭的车流、穿着入时的行人、鳞次栉比的高楼、空气中弥漫的腻腻的脂粉气，这些都似乎是不应该出现的。马龙的脚下应该是起伏跌宕的山峦，缓缓移动的羊群在他脚下像团飘动的云彩，渐渐移向远处，略带凉意的清风徐徐吹来，在他蓬乱的头发上轻轻抚动。这样的环境才能让马龙安顿下来，让他不再慌乱。

走近时才发现马龙的变化，一身洗得发白但很干净的衬衫，头发剪得很短，显得脸廓上那条坚硬的棱角更加分明。马龙显然被张依的注视再一次看得紧张起来，嗫嚅着说不出话来，欠身向她鞠了个躬。像是有意要等马龙先开口，张依就一言不发地站在他面前笑着，享受着这一刻内心流动着的暖暖的情义。这是一种说不清的感觉，张依也不打算去理清楚了，任凭自己沉浸在这种氤氲气息中。

两个人都沉默了半晌，在这片刻里，周围的一切似乎都与他们无关。有时候，语言并不是唯一的交流方式，就像这一刻。

马龙镇定了一下才吐出一句："就是想来谢谢你！你是好人，碰到你是我遇到贵人了。"

"噢，那你打算怎么谢我啊？"张依知道这么问会让马龙更窘迫，但又很想看他窘迫的样子，看他像个孩子似的手足无措的样子。她和许博文之间就不会这样，许博文在她面前不会紧张，不会说不出话，许博文会把她想要的在她还没有说出口前就为她安排好。

马龙果然又紧张起来，低头看着自己的脚面说："我听你的。"

张依带他来到那家山西面馆，穿过几条街道时，张依很自然地好几次拉着马龙的手，那感觉像是拉着自己的弟弟或孩子。马龙想挣脱却又不知这样是不是礼貌，一路走得跟跟跄跄。进到面馆坐下，马龙才浑身舒展起来。这样的地方是他熟悉的，他以为省城的饭馆都是门前站着几个穿戴整齐的门迎，见到客人就鞠躬说一句："您好"。饭菜都盛在精致的盘子里有人专门端上来，吃饭不能大声喧哗，吃饭的姿势不能不雅观。虽然他做好了要好好请一顿张记者的打算，但想到这些繁杂的规矩，他也做好了可能要出洋相让人笑话的准备。然而这里不一样，这里跟青石堡羊肉饭馆子的气氛没有太大区别，一样可以大声向老板叫："来两碗刀削面，多放些辣子。"一样可以吃得浑身冒汗敞开衣襟凉快凉快。这个女记者是在替自己着想呢，自己就适合在这样的地方甩开膀子吃个痛快，而她肯定更适合在那样明亮的餐厅里享受优雅。这么想时马龙就有些不舒服了，他站起身对张依说：

"这里太委屈你了，我请你到别的地方吧。"

"这里很好的，我挺喜欢这里，一个人也经常来这里吃饭呢。"张依拉他坐下。

"我就喜欢这里热闹，不用那么规规矩矩的，快坐吧，我还有很多话要问你呢。"

马龙想，记者这是在跟自己客气呢，她怕自己多花钱，她怎么会真喜欢这里，她不应该属于这里的，也不属于这样的生活。

趁着等候的工夫，马龙简单回答着张依的问话。

"看到我写的报道了吗？"

"看到了，是文管所的老张拿来给我的，他说你是个了不起的大记者。"

"那你觉得我是吗？"

"是，不过把我写得太多了，其实当时也没那么苦，很多事过去就不觉得了。"

"我走以后你是怎么过的？"

"挺好的。文管所的人来通知我，说我是省里的模范，有一万元的奖励。还说让我到恐龙挖掘现场工作，每个月可以发工资。"

"还住在小窝棚里吗？"

"嗯，天气暖和了，住着凉快。"

"钱领到了吗？"

"嗯。还了借的一千多块钱，给家里寄了六千，剩下的都在身上呢。"

"呵，那你现在可算是个有钱人了，比我身上的钱还多呢。"

"多亏你了。"

餐桌很小，两人距离很近，马龙说话时盯着桌面，张依很想伸过手去抚摸他的头，甚至想把他的头搂过来放在怀里。马龙的话虽然极其简单，但她知道这两个月的时间他过得不会太轻松。一万块钱等还完账，给家里寄去大部分，他就所剩无几了。这一切，能弥补他所有的付出吗？

"工作的事怎么样了？每个月能领到多少钱？"

"我干不了那里的工作，帮不上忙，整天闲着没事做很难受。"这么说会让记者大吃一惊吧。这份工作是记者为他争取来的，是对他的照顾，很多人做梦都想着呢。但是这话是来时就想好了的，在挖掘现场他帮不上什么忙，那里的东西太深奥了，他认真读过的那些书只让他触摸到了一些皮毛。干那个他太不在行了，有劲使不上，甚至还不如去钻煤巷子出一身臭汗，至少心里痛快。可是在那些博士专家学者面前，人家连瞧都不瞧他一眼。没有人给他分配工作，他想到挖掘坑里帮着推几车土舒展一下筋骨，可是没干几下那些雇来的小工就把他换下去了，那是人家的工作，他不能跟人家抢饭碗。他感觉像是被放在笼子里养起来供人观赏的宠物，偶尔有人前来参观，就让他讲一讲重复了不知多少遍的那些话。除此之外他什么都做不了，这样的状态快把他憋坏了。

张依的确有些吃惊，一份稳定的工作对马龙而言应该是极其重要的，可以解决他的生计问题，可以让他活得很体面，可以让他远离贫瘠的家乡，在县里扎下根。可是他选择了放弃，张依有些不解。她知道马龙很骄傲也很倔强，她担心会因为"道德模范"的光环和轻易得到的一万元奖励而过高地估价自己的未来，选择一条不切实际的路。

"你今后有什么打算？"

"我想回趟家，一年没回去了。"

"然后呢？"

"出去学习。这一百多天我懂了许多道理，学好知识才能让我的生活不一样。"这是老教授说过的话，我记得，我会铭刻在心。他为我打开了生活的另一扇门，我吃的那些苦更让我坚信老教授说的没错。我要学的东西还多着呢，要是现在就什么都不想了，我还是什么都没有。我学会了一些历史名词，但不够系统，我懂得一些常识，但不专业。可是我已经走进这扇门了，我会去学习更深的更专业的知识，会学习更多生存的本领。这个世界大着呢，几亿年前的生物曾经就摆在我的脚下，抚摸它们我感觉到了时间的流逝。我骨子里有种东西就像虫子一样整日整夜咬着我，像种子一样在我心里扎下了根。我要去看一个不一样的世界，我要去认识我周围不知道的事物。我想象老教授说的那样，和别人活得不一样。其实在我心里，你和老教授一样给了我巨大的影响。你们都是好人，是有知识、有责任感、有正义感的好人，我想和你们一样活着，活得清醒，活得敞亮，活得有滋有味。

张依似乎读懂了马龙的想法，这一百多天的守护经历已经完全改变了马龙，也改变了他的生活。他在经历了极端的艰苦之后，完成了他人生中的一次跨越。张依不知道应该为他欣慰还是担心，他选择的这条路以后可能会更艰辛、更寂寞，并且没有终点。吃了那么多苦，真希望他能安顿下来，哪怕是安顿一段时间。但张依更了解马龙的执着，他说出来的就一定会坚持下去。

简简单单的一顿饭，马龙着实过意不去，张依也因为听了马龙的一席话有些心情沉重，从面馆出来两人都沉默不语了。快到报社时，马龙忽然说："我妈给我起这个名字时，可能就注定我会和恐龙化石联系在一起吧。"

这是张依认识马龙以来听他说的唯一一句轻松调侃的话，张依知道他是想活跃一下气氛。到报社门前就要和马龙说再见了，以后不知还有没有机会再遇见他。很多人就是这样在你的生活中匆匆而来又匆匆而去，虽然张依当记者以来采访过无数人物，但马龙却是她不想忘记的一个。她说：

"你现在是你们家乡里飞出的一条龙了，只要人们提起青石堡的恐龙化石，就会提到一个从黑城走出来的小伙子，他抛下一切保护了恐龙化石，你妈妈应该为你骄傲的。"

临别时，张依让马龙需要时来找她，但她心里也知道，这个倔强的男人是宁肯自己吃苦也不愿去求助别人的。她只希望还能有机会见到他，看着他战胜一切困难接近他的目标，看到他一天天好起来。她和他其实是一类人，虽然生活境遇不同，经历不同，但他们有着同样的一种品质。这种品质不管是生活在底层还是衣食无忧，都会闪出相同的光泽。

马龙郑重地握了握那只瓷器般精致的手，那一刻，一切美好的东西都握在他手里，他生怕多握一下就会把这一切打碎，松开手，马龙转身走去。我把最美好的都留在身后了，这些美好的东西让我自惭形秽，让我不敢走近。这感觉太难受了，我得回到我自己的生活里，但不是那个四面透风抬不起头的小窝棚里，不是那条深不见头的煤巷子里，不是那片长不出庄稼的旱地里。这些疼痛的记忆我也一起丢下了，我给自己选择了另一条路，在这条路上才能舒服地喘上口气，我才能活得舒展，才能活得不一样。

马龙走得快起来，身上也在阳光下冒着丝丝热气，他敞开衣襟，让风迎面吹过来，那感觉，就像在他自家的田埂上，那么从容、坦然……